La Regina dei Fae di Mezzanotte

La fiaba di Ella

Libro Primo

Libro Secondo

Libro Terzo

Libro Quarto

La fiaba di Ella

un prequel della serie La regina dei Fae di Mezzanotte

Autrice di Bestseller per USA Today

Lexi C. Foss

Questo libro è un'opera di fantasia. I nomi, i personaggi, i luoghi e gli eventi descritti sono frutto dell'immaginazione dell'autrice, oppure sono usati in modo fittizio. Qualsiasi somiglianza con persone, vive o defunte, attività, luoghi o fatti reali è puramente casuale.

Titolo originale: *Ella's Masquerade*

Traduzione italiana: Claudia Sartori

A cura di: Biba Sven

Edito da: Outthink Editing, LLC

Design di copertina: Susan Gerardi

Pubblicato da: Ninja Newt Publishing, LLC

ISBN eBook: 978-1-68530-302-0

ISBN Paperback: 978-1-68530-303-7

Ad Alyssa, per aver permesso alla mia musa di bombardarti ogni giorno di assurdità; è così che è stato creato La fiaba di Ella. Sei un'amica meravigliosa, e sono grata e felice che gli angeli ci abbiano fatte incontrare. Senza di te, sarei persa in questo ambiente!

La fiaba di Ella

Un Prequel

La fiaba di Ella

C'era una volta un principe, che invitò al ballo la ragazza più timida della scuola. La fanciulla, accecata dall'amore e distratta dal battito del suo cuore solitario, non capì che non si trattava affatto di un principe. Infatti, dietro il suo sorriso affascinante, si celava un'anima oscura.

Ella

Le fiabe non esistono, e nemmeno il lieto fine. Non nel mio mondo. La mia realtà è costellata di dolore, perdite e odio smisurato.

Finché non è arrivato *lui*.
Trayton Nacht, lo studente appena trasferito alla Darlington Academy.

La sua oscurità mi attrae. Il modo in cui i suoi occhi brillano nella notte, il suo sorriso crudele. Ha stravolto il mio mondo con un unico sguardo. E ora non ne ho mai abbastanza.

Ma se invece fosse come tutti gli altri? Se questa non fosse nient'altro che l'ennesima messinscena?

Tray

Quella ragazza mi ha rubato il cuore. Tre anni fa, mi ha lasciato in un vicolo con in mano un paio di scarpe da ballo azzurre, completamente fradicie.

Stavo per ucciderla, quando mi sono accorto della magia fatata che si annidava sotto la sua pelle. Ora è giunto il momento di condurla al suo destino.

Ma prima, faremo un piccolo gioco.
Un gioco che si concluderà tra le fiamme.
Fanculo le fate madrine.

Ella ha bisogno di un Fae Oscuro.
Uno che possa aiutarla a radere al suolo la Darlington Academy.
Un Fae Oscuro come me.

Prologo

Ella

Primo anno

Risate.

Battutine.

Commenti crudeli.

Si mescolavano tutto intorno a me, creando un brusio indistinto, ma alcune voci riuscivano a levarsi al di sopra delle altre.

«Come ha potuto pensare che Dash volesse davvero andare al ballo con lei?!». Seguirono le risatine di Carmen, che per me avevano l'effetto delle unghie trascinate sulla lavagna. La mia sorellastra mi svegliava spesso con quel suono irritante, che di solito preannunciava un piano malvagio messo in atto da lei e Ryan, la sua gemella.

«Tipico di Ceneracchia, sempre nel mondo dei sogni» commentò Ryan con un ghigno sinistro. Non avevo dubbi che la loro ultima trovata fosse stata opera sua. Era la più intelligente delle due.

E, in qualche modo, erano riuscite a reclutare nel loro giochetto perverso anche il principe della Darlington Academy.

Avevo un groppo in gola. Il loro tradimento mi impediva di respirare. Come se non ne avessi già passate abbastanza. Ma era proprio di quello che si era approfittato Dash Charming. Mi ero confidata con lui, e sempre con lui avevo pianto dopo la morte di mio padre.

Dash era stato così convincente.

Dopo avermi corteggiata per settimane, baciandomi e tenendomi per mano nei corridoi della scuola, dopo aver detto a tutti che mi *adorava*, pensavo davvero di piacergli.

E la cosa peggiore era che mi ero innamorata di lui.

Il sorriso malvagio che gli illuminava il viso mi disse che era tutta una bugia.

Uno scherzo crudele di cui ero l'unico bersaglio.

Lo sapevano tutti.

Chissà come parlava di me alle mie spalle? Cos'aveva detto agli altri? Aveva raccontato dei miei incubi? Delle ombre?

Rabbrividii.

Nel profondo, avevo sempre saputo che c'era qualcosa che non andava. Ma avevo ignorato i miei stessi dubbi, arrendendomi alla realtà da fiaba con cui mi aveva circuita. Una realtà della cui esistenza mia madre mi aveva sempre rassicurata. Ma la sua morte aveva dimostrato il contrario.

E poi, dopo che era morto anche mio padre...

Abbassai la testa, sopraffatta dal dolore.

Ero circondata da tutte le altre matricole, la maggior parte rideva. Alcuni mi guardavano con compassione, e in qualche modo era peggio.

Eccomi lì, con l'abito azzurro insudiciato dal punch che mi aveva rovesciato in testa Ryan. I miei capelli biondi ne avevano assorbito il grosso, ma il vestito era rovinato. Anche le scarpe erano fradicie.

Provai una fitta al cuore. Nessuno poteva sapere quanto fosse importante quella serata. Avevo recuperato l'abito in soffitta, dal guardaroba di mia madre, e lo avevo sistemato da sola per adattarlo alle mie misure. Solo perché poi venisse distrutto in modo così spettacolare.

Mi dispiace, sussurrai, pensando a lei. *Mi dispiace tanto.*

Avrei dovuto saperlo. Tutti gli altri studenti erano ricchi, stronzi, snob ed egoisti. Non appartenevo a quel luogo, ero solo la povera ragazza accolta dalla vedova del padre.

Avevo implorato Clarissa, la mia matrigna, di mandarmi in una scuola pubblica. Ma mi aveva detto che avevo bisogno dell'accademia, che mi avrebbe preparata per il futuro.

Era quello il futuro che aveva in mente?

Quattro anni di inferno?

«Oh, penso che stia per mettersi a piangere» disse Ryan in un sussurro perfettamente udibile.

Dash ridacchiò. «Che sia il caso di offrirle una scopata di consolazione?».

«Con quel vestito addosso non stava poi così male» commentò il suo migliore amico. «E scommetto che è vergine».

Pervertito, pensai. Avevamo solo quindici anni. Perché non avrei dovuto essere vergine?

«Certo che lo è. Nessuno sano di mente la toccherebbe» disse Ryan con aria di superiorità, nonostante avesse un mese meno di me.

Perché sono ancora qui? Perché i miei piedi si erano dimenticati come si fa a camminare. Beh, ora se lo sarebbero ricordati in fretta. Non avevo nessuna intenzione di piangere davanti a loro.

Raccolsi l'orlo della gonna e cominciai a correre, seguita dall'eco delle loro risate sguaiate.

Gliela farò pagare, giurai. *Un giorno, in qualche modo, gliela...*

Un singhiozzo mi si strozzò in gola, interrompendo i miei pensieri. Avrei pianificato la mia vendetta più tardi. Ora era più importante fuggire.

Le porte sembrarono aprirsi spontaneamente per permettermi di passare, lasciandomi uscire nella notte, nel piazzale dove c'erano le auto in attesa.

Le superai tutte di corsa, incurante del terreno innevato. Le vacanze sarebbero state difficili, le prime trascorse completamente da sola.

Ma il ballo aveva peggiorato ogni cosa. Perché non avevo nessuno da cui rifugiarmi.

Non avevo una famiglia.

Non avevo nessun amico.

Non avevo nemmeno un animale domestico.

Le lacrime mi bagnarono il viso, gelandosi nell'aria della notte. Ma proseguii, desiderando di lasciarmi tutto alle spalle.

Avevo un mese per riprendermi, per rafforzare la mia corazza, per non permettere ai loro commenti e alla loro crudeltà di condizionarmi. Potevo farcela. *Dovevo* farcela.

Tre anni e mezzo. Sarei sopravvissuta. In tre anni e mezzo, me ne sarei andata da quella scuola. E non avrei più rivisto nessuno di loro.

La mia matrigna non poteva entrare in possesso della mia eredità, ma nemmeno io. Non prima di essermi diplomata.

Quel giorno, però, avrei prelevato fino all'ultimo centesimo e me ne sarei andata molto, molto lontano.

Una volta diplomata, sarei stata libera di...

Scivolai e andai a sbattere contro un muro comparso dal nulla. Un muro con delle mani che mi afferrarono i fianchi e mi aiutarono a non cadere.

Scossi la testa, schiarendomi i pensieri e vedendo per la prima volta l'oscurità che mi circondava. Mi ero messa a correre con l'unico scopo di fuggire, senza fare attenzione a dove stessi andando.

«Tutto bene?» chiese una voce profonda. Proveniva da un viso avvolto nell'ombra. Riuscivo a distinguere solo gli occhi neri e penetranti.

Un brivido mi corse lungo la schiena. C'era qualcosa di

pericoloso in lui. Sembrava che nascondesse la sua aura, permettendogli di confondersi nella notte.

O forse era solo la mia immaginazione.

Feci un passo indietro, ma mi ritrovai prigioniera della sua morsa. «Lasciami andare» mormorai. La fermezza con cui avrei voluto dirlo era soffocata dalle emozioni che mi si agitavano dentro.

Lui obbedì, facendomi cadere su un cumulo di neve marroncina. Ovviamente. Era tutto così ingiusto. Avrei voluto urlare. E prendere a sberle il mio angelo custode. Ammesso che esistesse. Ormai dubitavo che nell'intero universo ci fosse qualcuno a cui importava di me.

Lo sconosciuto mi tese la mano, ma la spinsi via, troppo irritata per accettare il suo aiuto dopo che mi aveva fatta finire con il sedere per terra. Okay, sapevo che in realtà era stata colpa mia. Ma non ero dell'umore per ammetterlo.

Mi alzai in piedi, solo per scivolare di nuovo e finire contro un vero muro. Con un ringhio determinato, ripresi a camminare, dirigendomi a passo deciso verso casa.

Casa. Ridacchiai amaramente. *Cos'è?!*

«Ehi!» gridò la figura nell'ombra.

Lo ignorai.

Era stata una serata infernale e non vedevo l'ora che terminasse. Ero congelata, tremavo, probabilmente sarei morta di freddo.

Sarebbe stato il finale perfetto.

Mi sfregai via le lacrime ghiacciate dalle guance, costringendomi a procedere. Fu solo quando raggiunsi la porta di casa che mi resi conto del perché avessi così freddo.

Avevo perso le scarpe.

Le scarpe *di mia madre*.

Mi accasciai sulla soglia, stanca di tutto, e finalmente mi concessi di piangere.

La mia serata fiabesca era diventata un "...e vissero per sempre *infelici e scontenti*".

Perché nel mio mondo non esistevano né amore né gioia. Solo brutalità e giochetti crudeli.

Ne avevo avuto abbastanza. Non sarei più stata il bersaglio della malvagità altrui.

Ella

Ultimo anno

Le uniformi scolastiche erano una delle tante croci della mia esistenza. Avrei dato qualsiasi cosa per una felpa con il cappuccio sotto cui nascondermi.

I pettegolezzi del giorno riguardavano un ragazzo nuovo. Si era appena trasferito, era andato a vivere per chissà quale motivo con lo zio ricco. Ovviamente, gli studenti della Darlington Academy avevano diverse teorie al riguardo.

«Ho sentito che è stato cacciato dall'ultima scuola per aver dato fuoco a un insegnante».

«Meghan mi ha detto che è perché suo padre è in galera per appropriazione indebita. Quindi adesso si sta nascondendo, o qualcosa del genere, e ci sono delle persone super incazzate che gli danno la caccia».

«Non credo sia quello. Voglio dire, hai visto che macchina ha? Non puoi comprare un'edizione limitata se sei al verde, Cas».

«Tommy ha detto che è il figlio di un qualche boss mafioso».

«Mmh... Tommy è un esperto in materia».

«Vero?!».

Alzai gli occhi al cielo e mi feci largo tra la folla per

raggiungere l'aula di Lettere. Quegli idioti avevano troppo tempo libero. Non era ancora iniziata la prima ora, e avevano già una montagna di storie sul passato del nuovo arrivato. Poverino. Non aveva idea dell'inferno in cui era appena piombato.

Otto mesi, dissi a me stessa. *Poi sarai libera*.

Tecnicamente, avevo già diciotto anni, quindi avrei potuto andarmene. Come non mancava di ricordarmi regolarmente la mia matrigna, invitandomi a guadagnarmi da vivere.

Ma avevo bisogno di diplomarmi, per avere accesso alla mia eredità.

Una clausola inserita nel testamento da mia madre.

E non potevo iscrivermi alla scuola pubblica senza avere un indirizzo di casa.

Quindi ero bloccata lì fino a giugno.

Il prezzo che ci tocca pagare per avere un futuro, pensai sbuffando, e mi sedetti al mio solito posto in fondo all'aula.

Preferivo restare in disparte e prendere appunti, e lì era più facile, lontano dagli altri studenti. Certo, ciò non impediva loro di tormentarmi.

Con un sospiro, alzai lo sguardo sulla figura che si stava avvicinando. «Sì?» dissi a mo' di saluto.

Charlie Anderson sorrise, con i suoi perfetti capelli biondi pettinati all'indietro, che lasciavano scoperto il viso dai lineamenti altrettanto perfetti.

Tutte le ragazze lo adoravano. Era il playboy per antonomasia, e il migliore amico di Dash Charming. Provenivano entrambi da famiglie ricchissime e praticamente regnavano sulla scuola.

«Ti sembra il modo di salutare un principe, Ceneracchia?» disse, appoggiando il fianco sul mio banco.

«Oh, scusami». Lo guardai e sbattei timidamente le palpebre. «Sì, Vostra Imbecillità? Come posso allietare voi e quegli stronzi dei vostri amici, oggi?».

Allungò la mano e strattonò una ciocca bionda sfuggita dal mio chignon. Lo lasciai fare, perché sapevo che reagire peggiorava soltanto la situazione. Ignorarli, invece, di solito li spingeva ad andarsene.

Ma non quel giorno.

No. Sua Altezza voleva qualcosa.

E mi avrebbe tormentata finché non l'avesse ottenuta.

Gli studenti cominciarono a entrare. Dando loro le spalle, Charlie si mise a esaminare la mia camicetta e la gonna. «Sembrano un po' grandi, Ceneracchia».

«Perché lo sono» risposi soavemente. «Erano di Ryan». La principessina non tollerava di indossare gli stessi vestiti più di cinque volte, nonostante si trattasse di una stupida uniforme. Così toccavano a me. Non sarebbe stato un problema, se avessimo avuto la stessa corporatura. Ma lei era tutta curve, mentre io avevo ereditato la figura snella di mia madre.

«Che peccato» disse. «Mi piacerebbe vedere meglio quello che c'è sotto».

Alzai gli occhi al cielo. «Certo. Stasera?».

Sorrise. «Ora sì che ci capiamo».

Sorrisi a mia volta. «Non succederà mai, Vostra Cretinaggine». E gli mandai un bacio.

«Sappiamo entrambi che succederebbe, se io lo volessi davvero» rispose con indifferenza. «Ma nessuno si sognerebbe mai di toccare qualcosa di così disgustoso». Lasciò andare i miei capelli e si pulì la mano sui pantaloni. «Prova a farti una doccia, ogni tanto».

Mi ero fatta una doccia appena sveglia, come sempre.

Ma poi la mia matrigna mi aveva assegnato delle faccende all'ultimo minuto, prima di andare a scuola, e non avevo avuto tempo di lavarmi di nuovo.

Per questo avevo delle foglie tra i capelli.

Per quanto amassi i colori dell'autunno, odiavo tutto ciò

che comportava. Perché per la mia matrigna era inconcepibile che ci fossero delle foglie in giardino. Non avevo idea del motivo per cui si ostinasse ad avere degli alberi, considerando che non li sopportava, per non parlare della fauna che attiravano nella nostra proprietà.

Charlie prese una foglia dai miei capelli e me la lanciò in faccia. «Sei tutta sporca» osservò con una smorfia. «Sono sicuro che questo infranga il dress code della scuola».

Sbuffai e lanciai un'occhiata al suo collo abbronzato. «Anche non indossare la cravatta».

«Preferisco usarla in un altro modo» mormorò in tono allusivo. «Anche se non mi aspetto che tu ne sappia qualcosa». Si sporse verso di me. «Ma forse un giorno ti darò una dimostrazione. Sverginare qualcuno può essere molto divertente».

Piegai la testa di lato. «Pensi che ne saresti davvero in grado?» chiesi con aria innocente. «Mi farebbe comodo un buon insegnante». Finsi di esaminarlo. «Uhm... no, mi dispiace. Gli scemi non fanno per me».

Mi fulminò con lo sguardo, e la sua ilarità svanì dietro la maschera spietata che conoscevo fin troppo bene. «Oggi sei proprio lanciata, *Isabella*».

«Non faccio che sottolineare l'ovvio» risposi con un'alzata di spalle.

Mi afferrò il mento, sfiorandomi il naso con il suo.

Il mio battito accelerò, la sua vicinanza mi inacidì lo stomaco.

Odiavo che mi toccassero.

Ma lo facevano spesso, trattandomi come un giocattolo che potevano usare e calpestare a loro piacimento. E nessuno se ne preoccupava. Nemmeno quando mi facevano male, come in quel momento.

Agli amministratori di quella stimata accademia importava più dei soldi che degli studenti. Io ero solo un'opera di beneficenza, che avrebbe dovuto sentirsi fortunata a essere lì. Era irrilevante che fossero i soldi di *mio padre* a pagare la retta. Era Clarissa a gestire il suo patrimonio.

«Attenta, Ceneracchia» mi avvertì Charlie, avvicinando le labbra al mio orecchio. «Più mi provochi, peggio reagirò».

Mi lasciò andare il mento e appoggiò la mano tra i miei seni, spingendomi con una forza tale da far indietreggiare la sedia di mezzo metro.

«Puzzi» sbottò, raddrizzandosi e guardandomi con una smorfia disgustata. «Resta lì in fondo. Non ammorbarci con la tua presenza». E con quello si voltò, raggiungendo una piccola folla di ragazze ridacchianti.

Il nostro pubblico.

Sì, godetevi lo spettacolo, pensai, riportando rumorosamente la sedia verso il banco.

Fanculo lui e i suoi ordini.

O non mi aveva sentita, o non gli importava. Probabilmente la seconda. Il suo tentativo quotidiano di bullizzarmi era servito allo scopo, mettendolo al centro dell'attenzione. Il re che dominava sui suoi tirapiedi.

Almeno Dash aveva degli orari diversi. Gestire entrambi nello stesso momento richiedeva uno sforzo non da poco.

D'un tratto, calò il silenzio. E mi sentii gelare.

Merda. Se n'è accorto, e ora...

«Tu devi essere il famigerato Trayton Nacht» disse Charlie. Vidi le sue spalle irrigidirsi sotto il blazer. Era girato verso la porta dell'aula.

«Non so quanto *famigerato*» fu la risposta. La voce del nuovo arrivato, profonda e con un lieve accento, mi fece venire la pelle d'oca. «E preferisco essere chiamato Tray».

Un'occhiata in giro confermò che non ero stata l'unica ragazza colpita da quella voce.

Gli occhi delle mie compagne brillavano di interesse, mentre gelosia e curiosità si mescolavano sui volti dei maschi.

Non riuscivo a vedere il nuovo studente, ma l'impatto suscitato dalla sua mera presenza era evidente.

Questo spiegava l'atteggiamento difensivo assunto da Charlie.

Non vedeva di buon occhio chiunque minacciasse la sua posizione di ragazzo più figo della scuola. Solo a Dash era permesso di condividerla con lui.

Anche se, stando all'opinione di alcuni, in realtà era Charlie ad avere il privilegio di condividere la posizione con Dash, non il contrario.

In ogni caso, il ragazzo nuovo rappresentava senza ombra di dubbio un degno avversario.

«Charlie Anderson» lo informò il principe della Darlington Academy. «Figlio di Jackson Anderson».

Silenzio.

Dopo un lungo istante, Tray disse: «Oh, scusami. Dovrebbe significare qualcosa?».

Le mie labbra si incurvarono in un sorrisetto. *Ah, pessima idea, amico.* Ma mi ritrovai anche ad ammirare la sua sfrontatezza.

«Proprietario di Anderson Motors» rispose Charlie, incrociando le braccia sul petto. Mi dava ancora le spalle, bloccandomi la visuale del nuovo arrivato. Ma riuscivo comunque a percepire la tensione che stava crescendo tra i due.

«Mi dispiace, non conosco l'industria automobilistica americana. Ma congratulazioni per la parentela». Girò attorno a Charlie, dandomi l'opportunità di vedere il ragazzo che aveva osato sfidare la nobiltà di Darlington.

Capelli castani, tendenti al rossiccio.

Mascella squadrata.

Collo muscoloso.

Incapace di indossare correttamente l'uniforme scolastica, dal momento che una giacca di pelle non corrispondeva a un blazer.

Prese posto nel banco davanti al mio, lasciandosi cadere sulla sedia. Il suo atteggiamento pigro e disinvolto lasciava capire benissimo cosa ne pensasse di Charlie. Era come se avesse stampato sulla fronte: "Non me ne frega un cazzo".

Beh, questo avrebbe reso le cose interessanti.

Quanto sarebbe durato il suo piccolo atto di ribellione contro i principi della Darlington Academy?

Gli diedi una settimana di tempo prima che lo reclutassero nella loro cerchia. Aveva la giusta dose di arroganza per qualificarsi, e il suo aspetto gli garantiva certamente l'ingresso nelle camere da letto dell'élite femminile. Quello era stato solo una sorta di colloquio per vedere quanto in fretta avrebbe ceduto al loro potere. Non appena lo avesse fatto, gli avrebbero assegnato lo status adatto. E il resto sarebbe stato storia.

La professoressa Montgomery fece il suo ingresso in aula, impedendo a Charlie di rispondere a tono al nuovo arrivato.

«Seduti, seduti» disse l'insegnante, accompagnando le parole con ampi gesti delle braccia. Era sempre molto teatrale. I capelli bianchi e ispidi, stretti in uno chignon impeccabile, le davano un aspetto severo, ma dagli occhi azzurri traspariva un animo gentile.

La adoravo. Adoravo lei e i suoi metodi insoliti.

Come in quel momento. Fissò Trayton Nacht e schioccò le dita. «Bene, è ora di presentarsi».

Dritta al punto, come sempre.

Sorrisi quando lui si raddrizzò sulla sedia e si schiarì la voce.

Non si scherza con la professoressa Montgomery.

«Tray» disse.

E non aggiunse altro.

«Tray» ripeté l'insegnante dopo qualche secondo. «Questa è l'ora di lettere, Tray. Usiamo frasi di senso compiuto. Ora alzati e presentati come si deve».

«Certo». Spinse indietro la sedia e si alzò in piedi; la sua figura giganteggiava su di me, gettandomi praticamente in ombra. Perché sì, era bello *e* alto.

Non lo sono tutti?, pensai, sbuffando mentalmente.

Si voltò leggermente verso di me. I suoi occhi erano un'esotica miscela di ossidiana e cioccolata fondente. La mia bevanda preferita. Non che volessi assaggiarlo, ovviamente.

«Mi chiamo Trayton Nacht» disse, continuando a guardarmi. «Ma preferisco Tray». Si girò di nuovo verso la professoressa Montgomery. «È sufficiente? O devo raccontare la storia della mia vita?».

Diversi studenti ridacchiarono.

Io mi morsi il labbro, consapevole che l'insegnante non avrebbe apprezzato il suo atteggiamento.

E il suo sorriso lo confermò. «Ottima idea, Nacht». Unì le mani, osservando il resto della classe. «E visto che sorridete, presumo siate d'accordo. Sarà un lavoro di gruppo, così tutti potranno partecipare».

Le risatine mutarono in gemiti infastiditi, mentre io mi limitavo a scuotere la testa.

Idioti.

«Vi intervisterete a vicenda» continuò la professoressa Montgomery. «E venerdì dovrete consegnare una biografia lunga dalle tre alle cinque pagine».

Essendo martedì, avevamo solo tre giorni.

Fantastico.

Tray si rimise a sedere, assumendo di nuovo quella postura pigra e annoiata. «La mia vita non è così interessante. Cosa ne dice di una pagina?».

La professoressa Montgomery inarcò un sopracciglio. «In quel caso, mi dispiace per il tuo compagno. Perché il compito deve essere lungo dalle tre alle cinque pagine. E dovrai scrivere la biografia dello studente che intervisterai, non la tua, Nacht».

Il resto della classe protestò nuovamente.

Tray, invece, sorrise. «Fantastico. Possiamo scegliere noi i nostri partner?».

Non capiva proprio quando era ora di darci un taglio. Se avesse continuato così, avrebbe ricevuto un richiamo prima della fine della giornata.

Scossi la testa proprio mentre l'insegnante rispondeva: «No, li sceglierò io. E visto che Cinder non sembra felice del compito che vi ho assegnato, sarai in coppia con lei». E mi guardò in un modo che mi fece alzare gli occhi al cielo.

Era ovvio perché mi avesse messa in coppia con lui.

Sapeva che non gli avrei mai permesso di imbrogliare.

Ci avrei pensato due volte prima di definirla ancora la mia insegnante preferita.

Montgomery cominciò a nominare le altre coppie, mentre la classe diventava sempre più silenziosa. «Ringraziate pure Nacht per avermi dato l'idea» aggiunse, dando il colpo di grazia alla sua popolarità.

Naturalmente, il nuovo arrivato sembrava divertito dalla situazione. Le sue labbra carnose erano stese in un sorriso arrogante. «Prego» disse.

Charlie gli scoccò un'occhiata omicida.

Imitato da molti altri.

Forse Trayton Nacht non sarebbe stato reclutato nella cerchia di Dash e Charlie entro la fine della settimana. Soprattutto se avesse continuato a fare incazzare tutti.

In prima fila, Trina alzò la mano. I suoi capelli perfettamente in piega si abbinavano alla sua uniforme perfettamente stirata. La professoressa Montgomery inarcò un sopracciglio, il modo caratteristico con cui invitava gli studenti a parlare. «Possiamo sfruttare il resto dell'ora per cominciare a lavorare sulle biografie?» chiese Trina. «Questa è la settimana dedicata agli ex allievi, e sabato c'è il ballo per celebrare l'*homecoming*. La maggior parte di noi è impegnata, dopo le lezioni. E si tratta di attività obbligatorie».

«Per non parlare degli allenamenti di football» intervenne Charlie.

Ah, già, le attività extracurricolari erano sempre più importanti di quelle accademiche.

E fu proprio per questo che Montgomery ci rifletté sopra per qualche istante.

«Okay, potete consegnare il venerdì successivo» decise. «Così non ci saranno problemi con gli impegni della settimana».

Tray sembrò sorpreso.

Il resto della classe, invece, sollevato.

«Ma dovrete lavorare sul compito che vi ho assegnato al di fuori dell'orario scolastico. Mi aspetto interviste approfondite e che scriviate biografie veritiere». Lanciò un'occhiata eloquente agli studenti che erano soliti imbrogliare e copiare. «Non fatevi fare i compiti dagli altri. Me ne accorgerò».

Quello sì che sarebbe stato semplice.

Ma non volevo mettere alla prova la pazienza di Montgomery.

«Anzi, voglio che dedichiate almeno due ore alle interviste, con appunti approfonditi e prove visive che vi siete incontrati davvero. Non dovrebbe essere troppo difficile, considerato quanto amiate i vostri telefoni con la videocamera». Il suo sguardo si posò su Trina.

Quel biondo ammasso di perfezione si stampò in faccia un sorriso falso e si affrettò a rispondere: «Ma certo, professoressa Montgomery. Non sarà un problema, almeno per la maggior parte di noi». E sull'ultima parte mi lanciò un'occhiata.

«Mi arrangerò in qualche modo» dissi. «Ma grazie di esserti preoccupata per me, Principessina Perfettina».

«Il povero ragazzo nuovo deve fare i conti con l'amante delle foglie» commentò Charlie. «Mi dispiace, amico. Spero che almeno si faccia una doccia, prima dell'intervista».

«Basta così, Anderson» sbottò la professoressa Montgomery. Era l'unica persona in tutta la scuola che avesse mai preso le mie difese. Questo me la faceva amare e disprezzare al tempo stesso.

Non avevo bisogno che qualcuno mi aiutasse. Badavo a me stessa ogni singolo giorno.

La professoressa iniziò la lezione senza perdere altro tempo. E sapeva che sarebbe accaduto, se mi avesse permesso di rispondere a Charlie. Non avrei avuto nessun problema a rimetterlo al suo posto.

Tray girò la sedia di lato, in modo da poter appoggiare la schiena al muro. La posizione in cui era seduto gli permetteva di guardare sia me, che il resto della classe.

Finsi di ignorarlo.

Anche quando si mise a fissarmi.

Nonostante mi stesse distraendo. La sua presenza sembrava assorbire l'attenzione di tutti i presenti. E il suo atteggiamento mi disse che ne era consapevole.

Presuntuoso, con un pizzico di ribellione, rappresentata dalla giacca di pelle. Su cui, mi resi conto, la professoressa Montgomery non aveva fatto neanche mezzo commento.

Strano.

Di solito era molto pignola, quando si trattava di rispettare le regole, avendo appena...

«Non ti piace lavarti?» mi chiese sottovoce, in modo che nessun altro potesse sentirci.

Mi voltai di scatto, sorpresa dalla sua interruzione.

«Interessante» aggiunse con una piccola annusata all'aria. «Hai un odore delizioso».

Spalancai gli occhi. «Scusa?». Sussurrai a mia volta, non volendo attirare l'attenzione. La professoressa non sarebbe stata felice che chiacchierassimo durante la lezione.

Tray aprì il suo zaino, prese un pezzo di carta e ci scrisse sopra qualcosa. Poi me lo passò. «Questo è il mio numero. Per i compiti per casa».

«Non ho un telefono» risposi, ridandogli il foglietto. «Dovremo accordarci in un altro modo».

Aggrottò la fronte. «Chi è che non ha un telefono, in questo secolo?».

«Io». Perché la mia matrigna riteneva che non ne avessi bisogno.

«C'è qualcosa che vorreste condividere con il resto della classe?» chiese la professoressa Montgomery.

«Niente di importante, le stavo solo chiedendo se voleva prendere in prestito il mio bagnoschiuma» disse Tray, guadagnandosi un sorrisetto compiaciuto da parte di Charlie e un'occhiataccia da parte mia. «Sa com'è, per quel problema della doccia».

Montgomery assunse una tonalità di rosso che non le donava per nulla. «Mi rendo conto che è il tuo primo giorno, Nacht, ma nella mia aula il bullismo non è tollerato. Un altro commento fuori luogo e sarò costretta a mandarti dal preside. Sono stata chiara?».

«Volevo solo essere utile» rispose lui, alzando le mani in segno di resa. «Prendo atto della sua osservazione».

Lasciai cadere la testa sul banco. *Imbecille*.

E Montgomery ringhiò: «Ufficio del preside Jeffries. Adesso».

«Ho bisogno che qualcuno mi indichi dove si trova» disse lui, raccogliendo le sue cose e alzandosi in piedi.

«Cinder» sibilò l'insegnante. «Accompagna il nostro nuovo studente dal preside Jeffries. Potete sfruttare il tragitto per mettervi d'accordo sulle interviste».

Perché cazzo vengo coinvolta nella sua punizione?!, mi domandai stupefatta. «Seriamente?» chiesi, alzando la testa dal banco.

«Seriamente» confermò l'insegnante.

Strinsi i denti e presi le mie cose. Non avrei mai lasciato

nulla incustodito, non in presenza di Charlie e dei suoi tirapiedi.

«Va bene». Mi misi lo zaino sulle spalle. «Tu». Regalai a Tray la mia migliore occhiataccia. «Seguimi». Non aspettai che mi rispondesse, il mio tono sottintendeva che non aveva altra scelta che obbedire.

Raggiunsi la porta a passi pesanti, ignorando Montgomery. Perché sì, ormai era scesa molto in basso nella classifica dei miei insegnanti preferiti.

Tray abbaiò dietro di me, fingendo di essere un cane e suscitando un coro di risate.

Alzai gli occhi al cielo.

Era proprio come tutti gli altri. Uno stronzo immaturo con troppi soldi e troppo tempo libero.

Otto mesi, ripetei tra me e me. *Otto mesi*.

Poi sarei stata libera da quell'inferno e me ne sarei andata senza guardarmi indietro.

TRAY

Mmm, deliziosa, pensai, seguendo Isabella Cinder lungo il corridoio vuoto della Darlington Academy.

Era diversa rispetto al nostro primo incontro, avvenuto in un vicolo, tre anni prima. Era cresciuta. E lo ero anch'io. Dubitavo che mi avesse riconosciuto. Se lo aveva fatto, non lo stava dando a vedere. Quella notte se n'era andata in tutta fretta, lasciandomi là con le sue scarpe da ballo, un ammasso fradicio e azzurrognolo nella neve sporca.

Non le avrei permesso di scappare di nuovo.

No. Ero venuto lì apposta per lei. C'erano cose che non capiva, e il Consiglio mi aveva incaricato di spiegargliele. Beh, in realtà mi ero offerto io. Dopotutto, ero stato io a trovarla.

Avevano deciso di aspettare che compisse diciotto anni, prima di accoglierla nel nostro mondo.

Il momento era arrivato.

Quella povera ragazza non aveva idea di chi fossero davvero i suoi genitori, né del destino che la attendeva. Ma presto lo avrebbe scoperto. Dopo aver giocato un po'.

«Eccoci qua» disse, fermandosi bruscamente davanti all'ufficio del preside. «Buon divertimento».

Il mio palmo scattò verso il muro, impedendole di andarsene. «Non mi accompagni dentro?».

Fui fulminato da due splendidi occhi azzurri, il cui colore mi ricordava l'abito che indossava la notte del nostro primo incontro. «Sono sicura che te la caverai».

«Potrei essere timido».

Sbuffò. «Sì, come no». Incrociò le braccia sul petto, emanando un'energia sfrontata. Non appena avesse cominciato a coltivare i suoi poteri, sarebbe stata una forza della natura. Non vedevo l'ora. «Per quanto riguarda il nostro progetto, posso dedicarti un'ora, dopo la scuola, in due giorni a tua scelta. Fammi sapere quando sei libero, e vediamo di sbrigarcela il prima possibile».

«Oh, un giorno l'ho già scelto».

Rimase in silenzio, in attesa che continuassi.

Non lo feci, limitandomi a osservarla e a impedirle il passaggio con il braccio. Certo, avrebbe potuto indietreggiare e andarsene, ma rimase lì dov'era, con aria di sfida, indifferente alla mia vicinanza.

Era così diversa dalle ragazze dell'Accademia dei Fae di Mezzanotte. Mettere all'angolo una di loro avrebbe portato a qualche giochetto seduttivo. Uno dei privilegi dell'essere un reale.

Ma Isabella non sembrava minimamente attratta da me. Anzi, sembrava completamente disinteressata.

Affascinante.

«Quale giorno?» incalzò. Era sul punto di perdere la pazienza.

Sorrisi. «Sabato».

Aggrottò la fronte. «Intendevo un giorno di scuola. Dopo le lezioni. A meno che tu non abbia intenzione di seguire delle lezioni anche il sabato?».

«No, voglio andare al ballo. Con te». Mi sporsi verso di lei, adorando il modo in cui la sua figura snella sembrava adattarsi perfettamente alla mia. «Mettiti qualcosa di carino, Cinder». Raccolsi un rametto incastrato nel suo chignon e lo lasciai cadere per terra. «Passo a prenderti alle sei. Ci intervisteremo a vicenda a cena, prima del ballo».

Premetti le labbra sulla sua guancia e le girai intorno, mentre farfugliava qualcosa di incomprensibile.

«Cosa?! Non...».

Sparii nell'ufficio del preside prima che potesse finire la frase. Quella splendida ragazza poteva respingermi quanto voleva, ma entro sabato avrebbe accettato di venire al ballo con me. Perché entro sabato avrebbe scoperto perché ero lì. O almeno parte del motivo per cui mi trovavo lì. E non avrebbe resistito alla curiosità.

Benvenuta nel mio mondo, Isabella Cinder.

Spero che tu voglia rimanerci e giocare con me.

Perché, tesoro, ora sei mia.

Ella

Il ballo.

Era uno scherzo?

Mi stava prendendo in giro, non c'era altra spiegazione.

Non conosceva nemmeno il mio nome! Beh, il cognome sì. Ma portarmi al ballo? No, non sarebbe successo. Non partecipavo *mai* agli eventi della scuola, non dopo quello che era successo al primo anno.

Rabbrividii al ricordo. No. *Non accadrà*. Non avrei assecondato i suoi giochetti. Né quelli di nessun altro.

Oh, ma di certo aveva fatto colpo sulle mie compagne. Quel pomeriggio, nello spogliatoio delle ragazze, non si parlava d'altro. Nonostante non si fosse nemmeno presentato in mensa. Molte ipotizzavano che avesse saltato il resto delle lezioni, dopo l'incontro con il preside, ma la sua auto era ancora nel parcheggio. Altre pensavano che fosse in giro per la scuola.

La mia opinione? Non avrebbe potuto importarmi di meno.

Chiusi l'armadietto, presi la cuffia e gli occhialini dalla panca e mi diressi verso le porte che conducevano alle piscine. Tutti gli studenti dovevano iscriversi a un corso di educazione fisica. Io avevo scelto il nuoto, perché le mie sorellastre non sapevano nuotare, ed era divertente essere in grado di fare qualcosa che loro non riuscivano a fare.

Purtroppo, sia Charlie che Dash erano abili nuotatori.

Ciò significava che ero costretta a incontrarli anche lì.

Li ignorai come sempre e mi accovacciai sul bordo della piscina per immergere la cuffia nell'acqua. Rialzandomi, sentii il calore lambirmi la schiena nuda. Sospirai. *Ci risiamo*, pensai.

Charlie non mi diede nemmeno la possibilità di voltarmi. In un attimo mi spinse in acqua.

O forse era stato Dash.

Chi cazzo lo sapeva?

Risalii dal fondo della piscina con una spinta delle gambe, ma tornai a galla in una corsia diversa da quella in cui ero "caduta". In passato, avevo commesso l'errore di riemergere nella stessa corsia, e mi ero ritrovata con i capelli intrappolati in un pugno.

Mai più.

Presi fiato e nuotai verso un'altra corsia ancora, nel caso in cui uno degli idioti avesse tentato di seguirmi. Raggiunsi rapidamente il bordo opposto della piscina, con poche ed energiche bracciate.

Fortunatamente, li avevo battuti ai blocchi di partenza, riuscendo a issarmi senza problemi.

Dal lato opposto, si levò un coro di risate maschili. Ignorai i loro commenti e mi misi la cuffia. Quando, però, mi infilai gli occhialini, mi resi conto che erano in tre, non in due.

Trayton Nacht.

Aggrottai la fronte. Era stato lui a spingermi in acqua? Sembrava fin troppo divertito, là in piedi, con addosso soltanto il costume da bagno.

La maggior parte delle ragazze stava guardando a bocca aperta il suo addome muscoloso, come se non avessero mai visto un fisico atletico. Non si erano mai accorte che anche Dash e Charlie avevano la stessa identica muscolatura?! Certo,

Tray aveva anche quei riccioli rossastri sempre fuori posto e gli occhi scuri illuminati da pagliuzze dorate... Ma era esattamente come gli altri ragazzi. Ah, e sembrava si stesse già integrando alla perfezione nella loro piccola banda, stando alle pacche sulla schiena che gli stavano dando Dash e Charlie, come a congratularsi con lui.

Perché? Perché mi ha spinta in acqua?, mi domandai, arricciando le labbra. *Ma certo, diventiamo tutti amici sulla pelle della povera piccola Ceneracchia.*

Fanculo.

Presto li avrei battuti direttamente in gara. Charlie andava sempre fuori di testa, quando perdeva contro di me. Dash, tuttavia, riusciva spesso a pareggiare. Come sarebbe andato il nuovo arrivato? Di certo aveva il corpo di un nuotatore, con le spalle larghe, la vita affusolata e le gambe lunghe. Un fisico da stile libero, se il mio occhio da nuotatrice non mi ingannava.

Mmh. Interessante, perché Dash preferiva le gare di stile libero a breve distanza.

«Vedo che finalmente ti sei fatta una doccia, Ceneracchia» osservò Charlie, avvicinandosi con gli altri due.

Sorrisi e mi sistemai gli occhialini. «Vedo che finalmente ti sei trovato un nuovo ragazzo, Charlie. Che dolce». Mandai un bacio a entrambi e mi tuffai in acqua prima che potessero reagire. A quanto pareva, avrei iniziato il riscaldamento in anticipo. E, stando agli schizzi che udii alle mie spalle, anche i ragazzi.

Fantastico.

Avrebbero perso tempo con cuffie e occhialini, dandomi la possibilità di distanziarli nella vasca da cinquanta metri. Ma avrei dovuto affrontarli tornando indietro. Forse sarebbe stato meglio uscire dall'acqua e tornare a piedi ai blocchi di partenza.

Oppure...

Una mano mi afferrò la caviglia, tirandomi indietro verso un corpo massiccio.

Strillai, il mio slancio non mi stava conducendo più nella direzione che desideravo.

Merda! Mi aggrappai a un paio di spalle maschili, l'acqua era troppo alta perché potessi toccare il fondo con i piedi. Dovevo lottare. Dovevo graffiare il mio assalitore e allontanarmi nel più breve tempo possibile.

Solo che non batté ciglio nemmeno quando le mie unghie gli affondarono nella carne. Anzi, mi afferrò i fianchi e mi strinse a sé. «Non ti farò del male» mi sussurrò all'orecchio.

Trasalii, rendendomi conto di chi si trattava. «Tray?».

«Fidati di me» mormorò, sfiorandomi la guancia con le labbra come aveva fatto solo qualche ora prima.

«Non ti conosco nemmeno».

«Questo cambierà molto presto» rispose, mentre l'acqua intorno a noi si mosse in una miriade di schizzi.

Dash ci raggiunse per primo. La sua espressione trionfante mi fece contorcere lo stomaco. Ma fu l'arrivo di Charlie, e del suo sguardo vendicativo, a farmi sudare, nonostante fossi in acqua.

Tre maschi, io e un gruppetto di studenti curiosi di scoprire cosa sarebbe successo.

Non sarebbe andata a finire bene.

Dov'è Grayson?, mi domandai, con lo sguardo che saettava attorno alla piscina alla ricerca dell'istruttore di nuoto. Di solito, all'inizio della lezione, scriveva le serie sulla lavagna. Ma non era ancora arrivato. Ciò significava che nessuno mi avrebbe aiutata.

Tray mi accarezzò il fianco con il pollice, facendomi correre un brivido lungo la schiena. Doveva proprio stringermi a sé in quel modo?! Lo *sentivo* attraverso il costume da bagno, il suo interesse premeva sul mio ventre. *Non andrà bene. Non andrà affatto bene.*

E che motivo aveva di essere attratto da me?

«Vedo che hai preso un pesce morto» disse Charlie, con un tono che raggelò l'aria.

«Oh, non penso proprio sia morto» rispose Tray, serrando la presa. «Mi sembra molto vivace».

«Lasciami andare» gli ordinai, stringendo a mia volta la presa sulle sue spalle.

«No, ti preferisco qui, Isabella».

«Isabella?» ripetei. «Nessuno mi chiama...». Le mie parole vennero soffocate dall'acqua, quando Tray mi trascinò sotto la superficie. Le sue mani erano come due blocchi di cemento stretti attorno ai miei fianchi.

Udii risatine maschili ovattate dall'acqua, suonavano distanti. Graffiai il petto di Tray, esigendo che mi lasciasse andare, ma quello stronzo non fece una piega.

Iniziai a sbattere le gambe con forza, creando un piccolo vortice sotto di noi, tentando di spingermi di nuovo verso l'alto.

Niente.

Cazzo!

I miei polmoni cominciarono a bruciare, la mia energia si stava rapidamente esaurendo contro quel muro impenetrabile che si era rivelato Trayton Nacht.

Come ultima spiaggia, gli afferrai il costume da bagno e cercai di abbassarlo.

Il laccio tenne.

Non poteva semplicemente affogarmi. Era impossibile. Eppure, il modo in cui mi teneva mi fece ricredere.

Le mie membra iniziarono a formicolare.

Il mio bisogno di respirare prese il sopravvento, con una foga irrazionale che mi spinse ad aprire la bocca.

E sentii l'aria sulla pelle, una dolce sensazione che mi fece rantolare agonizzante.

Dash e Charlie ridevano come pazzi.

Ma gli occhi di Tray erano incollati ai miei, con un'intensità che mi fece sbattere rapidamente le palpebre e sputacchiare parte dell'acqua che avevo involontariamente bevuto. «Vediamo se adesso riesci a finire la vasca» mi provocò, allontanandomi da lui con una spinta violenta.

Senza pensare, con le gambe e le braccia che avevano già iniziato a muoversi, nuotai rabbiosamente, lottando contro il dolore che mi stava crescendo nel petto. Ma fui quasi travolta dall'onda creata dal trio, che si era lanciato in una sorta di inseguimento.

Mi tuffai sotto la fila di boe che separava la corsia in cui mi trovavo da quella accanto, diretta verso il bordo della piscina, dove uscii dall'acqua prima che potessero raggiungermi. Tremavo dalla testa ai piedi, la sensazione di annegare continuava a perseguitarmi a ogni nuova inspirazione.

Tray fu il primo ad arrivare. Ma invece di saltare fuori dall'acqua, appoggiò gli avambracci sul bordo della piscina e mi guardò. Charlie e Dash non agirono in modo altrettanto disinvolto, la loro rabbia era palpabile.

«Che cazzo, Tray?» sbottò Charlie.

Per un attimo, le labbra di Tray si incurvarono in un sorriso. Mi fece l'occhiolino. Poi si stampò sul viso un'espressione gelida. «Cosa c'è?» domandò, voltandosi verso i miei persecutori. «Il topolino è fuggito. Ma presto le daremo di nuovo la caccia».

«C'è che hai usato la mia pancia per darti la spinta» sibilò Charlie, uscendo dall'acqua.

E, in effetti, aveva un livido rossastro sull'addome.

Interessante. Ero quasi gelosa.

«Scusami» disse Tray. «Non vedevo l'ora di rincorrere il mio nuovo giocattolo».

Sentii una stretta allo stomaco. *Non sono un fottuto giocattolo*.

«Non so voi, ma sono pronto a fare qualche vasca. A dopo». Lasciò andare il bordo e si allontanò, galleggiando sulla schiena. Dopo aver sbattuto un paio di volte le gambe, si girò sulla pancia e si diresse verso il lato opposto della piscina con lunghe e forti bracciate.

Non c'era da stupirsi che mi avesse presa.

Era praticamente un pesce.

«Non è finita qui, Ceneracchia» disse Charlie a denti stretti, riportando la mia attenzione su di lui.

«Non lo è mai» borbottai, costringendomi a camminare, nonostante le gambe mi tremassero ancora. «Ma per oggi ne ho avuto abbastanza».

E con quella risposta patetica, mi diressi verso l'unico posto in cui non potevano seguirmi, lo spogliatoio delle donne.

TRAY

Mi ribolliva il sangue, la magia mi sfrigolava sulla punta delle dita. Mi ci volle uno sforzo enorme per non scagliarmi contro Charlie e il suo amico Dash. Annegarli sarebbe stato troppo facile.

In più, non potevo. Meritavano di soffrire per tutto quello che avevano fatto a Isabella. E doveva essere lei a fargliela pagare.

Tuttavia, le due ragazze appoggiate alla mia auto sarebbero state utili per il gran finale.

Ryan e Carmen Cinder, le reginette della Darlington Academy.

Gonne corte, camicette fin troppo sbottonate e labbra tinte di una sfumatura di rosso che implorava sesso. Esagerate. Erano il contrario della loro splendida sorellastra, a cui non serviva truccarsi per accentuare la sua naturale bellezza.

Premetti il pulsante per aprire la macchina, spalancai la portiera dal lato del passeggero e ci gettai dentro lo zaino. Ryan e Carmen rimasero appoggiate sulla portiera dal lato del guidatore, con gli identici occhi marroni che brillavano, mentre mi avvicinavo.

«Signore» le salutai, sforzandomi di sorridere. «Avete bisogno di un passaggio?». Avrei preferito portarle dritte all'inferno, dove avrebbero dovuto stare, ma non faceva parte del gioco. Se Isabella avesse scelto di riservare a quelle stronze un destino crudele, tanto meglio. Ma, per il momento, dovevo continuare a recitare.

«Abbiamo sentito che sei interessato alla nostra sorellastra» disse Carmen, attorcigliandosi intorno al dito una ciocca biondo platino.

«Ah sì?». Appoggiai il fianco all'auto e la osservai lentamente, dalla testa ai piedi.

Seno abbondante, vita sottile, gambe lunghe.

Capivo perché avesse tutto quel successo con la popolazione maschile della scuola, ma sotto la pelle di porcellana si annidava una strega.

«Chi è la vostra sorellastra?» chiesi, fingendo di non sapere nulla delle famigerate sorelle Cinder. «Ti assomiglia?». La risposta più onesta sarebbe stata un "no" secco. Isabella era una bionda naturale, e il suo corpo agile e snello si arrotondava appena nei punti giusti. Inoltre, aveva un viso che avrei potuto guardare per sempre, senza annoiarmi mai.

Era il motivo per cui Dash e Charlie erano ossessionati da lei. Certo, sfruttavano la propensione delle sorelle a bullizzare Isabella come giustificazione, ma entrambi volevano scoparla. Glielo avevo letto negli occhi proprio quel pomeriggio, quando era salita sul blocco di partenza in costume da bagno. La tormentavano per avere una scusa per toccarla.

Per questo mi ero intromesso.

Una scelta che non mi aveva fatto guadagnare molti punti, ma non avrei mai lasciato che la torturassero restando a guardare.

Carmen sogghignò e Ryan scoppiò apertamente a ridere, riportandomi a quella stupida conversazione.

«Io? Somigliare a Isabella?». Carmen sembrava offesa, una reazione che mi costrinse a soffocare un sorrisetto. Perché effettivamente non c'era alcuna somiglianza tra le due. E Ryan non era certo meglio, con il naso finto e i denti sbiancati.

«Fidati, solo i roditori somigliano alla nostra miserabile sorellastra» intervenne Ryan, avvicinandosi a me e trascinando un'unghia dipinta di rosso sangue lungo il mio petto. «Ma siamo curiose di sapere perché sei interessato a lei».

«Già, si dice che oggi vi siate divertiti in piscina» aggiunse Carmen, invadendo a sua volta il mio spazio personale e afferrandomi il braccio.

Molto sfrontate.

Sicure di sé.

E palesemente abituate ad avere il controllo della situazione.

Ma non sapevano con chi avevano realmente a che fare.

Afferrai il fianco di Ryan e la strattonai verso di me, apprezzando il modo in cui il mio gesto brusco la fece trasalire. *Prova a manipolarmi*, pensai. *Ti sfido.*

«Quello che mi interessa sono affari miei» le dissi, catturando il suo sguardo e trattenendolo. «Ma mi hai incuriosito, tesoro. Che sia meglio che mi diverta con te?».

Darti fuoco sarebbe uno spasso, aggiunsi mentalmente, assaporando l'immagine.

Premette il palmo sul mio petto, adagiando il corpo sul mio con delle movenze che rivelavano la sua esperienza in campo sessuale.

E che non ebbero alcun effetto su di me. Anzi, mi costò una fatica immensa non fare una smorfia inorridita.

«Mmm, penso che mi piacerebbe» mormorò, avvicinando le labbra al mio orecchio. «Ma mi devi dimostrare di essere all'altezza».

Carmen si strinse a me dall'altro lato, sfiorandomi i capelli. «Oh, penso che lo sia, Ry» disse in tono disinvolto. «Non solo, credo anche che sarà un'ottima occasione».

«Stai suggerendo un test, sorellina?» tubò Ryan.

«Sì». Sbatté le palpebre e si avvicinò ancora di più a me. «Un test molto impegnativo».

Ah, era troppo facile. Ero lì solo da un giorno e stavano già cadendo nella mia trappola, senza che dovessi muovere un dito. Ottimo. «Ti ascolto» mormorai, stringendo la presa sul fianco di Ryan. Tra le due era chiaramente la leader, quindi mi concentrai su di lei. «Cosa avevi in mente, dolcezza?».

«È passato così tanto tempo dall'ultima volta che la povera Ella è stata invitata a un ballo. Dovresti chiederle di andarci con te». Danzò con i suoi artigli rossi lungo la mia maglietta, facendomi venire voglia di incendiarle le dita.

Per fortuna, le sue parole erano musica per le mie orecchie.

«Vuoi che porti quest'altra ragazza... questa *Ella*... a un ballo?» ripetei.

Lei annuì. «E non solo. Voglio che la umili».

Aggrottai la fronte. «Perché?».

Sollevò una spalla. «Perché è una piccola presuntuosa che pensa di essere migliore di tutti noi».

«Ed è dal primo anno delle superiori che nessuno la porta a un ballo» aggiunse Carmen.

«Non vedo ancora quale vantaggio ne trarrei» commentai, sporgendomi verso Ryan e trascinando il naso sulla sua guancia. «Tu sembri proprio il mio tipo. Perché non posso portare te?».

La sua risata aveva quel suono tintinnante e artefatto che faceva inorridire la maggior parte degli uomini. Così esagerata, proprio come il resto di lei.

«Beh, se fai bene il tuo lavoro, avrai in premio noi due» mi provocò Ryan, lanciando un'occhiata cospiratrice alla sorella, prima di riportare il suo sguardo ottuso su di me. «Ma solo se la farai piangere. Devi farla vergognare sul serio».

Le mie sopracciglia si inarcarono. «E poi avrò voi due come ricompensa?». Esistevano davvero dei maschi che si lasciavano abbindolare da queste stronzate?

Ah, giusto. Ne avevo appena incontrati due in piscina.

A quanto sembrava, gli uomini di quel reame erano talmente attratti dall'idea di scopare delle gemelle da ignorare qualsiasi senso morale.

Ryan annuì. «Potrai averci entrambe per tutto il tempo che vuoi».

«*Come* vuoi» disse Carmen, assumendo il ruolo di spalla e premendo i suoi enormi seni sul mio braccio.

«Una proposta intrigante...» ammisi. *Ma non per il motivo che credete.*

Averle entrambe in qualsiasi posizione desiderassi sarebbe stato un sogno che si avvera. Perché le avrei legate a un palo e le avrei bruciate vive.

Come faceva Isabella a vivere con quelle due arpie?

«Allora, cosa ne dici?» chiese Ryan con voce roca, per poi sfiorarmi la mascella con le labbra.

Dico che ho bisogno di una doccia, pensai, lottando contro l'impulso di vomitare e costringendomi invece a sorridere. «Ci vorrà più di un ballo per umiliarla fino a farla crollare» osservai. Perché avevo bisogno di una scusa per passare più tempo possibile con Isabella. «Stiamo parlando di *mesi*, per ottenere quello che volete. Ciò significa che mi aspetterò più di una notte con voi due».

Un malcelato interesse balenò sul viso di Ryan. «Sembra che tu abbia una certa esperienza nel distruggere una donna».

Mi ritrovai a sorridere sul serio. La mia mano scivolò sulla parte bassa della sua schiena. «Oh, tesoro, non ne hai idea» le sussurrai all'orecchio. «Se volete i miei servizi, dovrete pagare. E molto».

Le ragazze si scambiarono un'occhiata, la loro malignità era una presenza palpabile.

Stavano facendo tutto il lavoro per me.

Non solo mi avrebbero fornito ogni scusa possibile per avvicinarmi a Isabella, ma mi avrebbero anche ringraziato per averlo fatto.

Finché non avessero scoperto la verità.

E la loro sorellastra le avesse distrutte.

Non vedevo l'ora.

«Bene» mormorò Ryan. «Convinci Ella a venire al ballo con te, questo weekend. Se lo farai, sapremo che hai preso il nostro patto seriamente. E poi potremo discutere della tua ricompensa».

«Il ballo...» ripetei, fingendo di rifletterci sopra.

Chiaramente, Isabella non aveva detto a nessuno che l'avevo già invitata. Non ne fui sorpreso. Non aveva nessuna intenzione di andarci. Ma presto le avrei fatto cambiare idea.

«Sabato sera ti daremo un assaggio di quello che ti aspetta, se manterrai la parola» aggiunse Ryan, nel tentativo di rendere la loro proposta ancora più allettante. «Consideralo un test per entrambi. Vedremo se sei così bravo come pensi di essere. E noi ti dimostreremo che siamo molto meglio di quanto tu possa sognare».

Sorrisi. «Al contrario, dolcezza». Le diedi un colpetto sul naso. «Perché sono di gran lunga migliore di quanto *voi* possiate sognare».

«E allora dimostralo» mi incalzò. «Porta Ella al ballo».

«Se lo faccio, significa che il gioco è iniziato» le avvertii. «E devo fingere di essere suo, o non potrò raggiungere l'obiettivo finale».

Ryan mi rivolse un'occhiata colma di rispetto. «Capito. Saremo discrete».

Annuii. «Bene, allora siamo d'accordo». La mia mano tornò sul suo fianco e lo strinse. «E ora ditemi i vostri nomi».

Ridacchiarono entrambe, scuotendo il capo. «Come se non li conoscessi» disse Ryan.

«È così». Una bugia, ma mi piacque vedere i loro sguardi incupirsi.

«Davvero?». Carmen sembrava scioccata.

«Primo giorno, ragazzo nuovo, ricordate?». Lasciai andare Ryan. «Non so nemmeno chi sia questa Ella».

«La ragazza che hai spinto in acqua durante la lezione di nuoto» rispose Carmen, aggrottando la fronte.

«Cinder?» chiesi con uno sbuffo. «Non avevate detto che era una sfida impegnativa?».

Ryan scoppiò a ridere. «Oh, non ne hai idea. E io sono Ryan. Lei è Carmen. Saprai tutto di noi entro la fine della settimana, sempre che non salti anche il resto delle lezioni».

Finsi di essere divertito. «Avete saputo della mia giornata, eh?». Incrociai le braccia sul petto per avere un po' di spazio, perché il loro profumo stava iniziando a farmi venire il mal di testa. Ma nessuna delle due ricevette il messaggio.

«Sappiamo tutto quello che succede qui» disse Ryan, con un'affermazione che sembrava quasi una minaccia. «Questa scuola è nostra».

«Interessante». E purtroppo, da quello che avevo potuto osservare, era anche vero. «Beh, è stato un piacere conoscervi, ma ho un piano da architettare e solo tre giorni per realizzarlo. A meno che non vogliate darmi un assaggio di quella famosa ricompensa...?».

Carmen sembrava d'accordo.

Ryan si limitò a sorridere. «Neanche per sogno, nuovo arrivato. Prima dovrai dimostrarci quanto vali».

Ricambiai il sorriso. «Farò molto di più». Ammiccai, poi aprii la portiera dell'auto, riuscendo con quel movimento ad allontanarle entrambe. «Non vedo l'ora di scoprire cosa ci riserverà il futuro. Sono sicuro che sarà molto piacevole».

Soprattutto quando avrò risvegliato i poteri di Isabella e potrò assistere alla sua vendetta.

Ah, che spettacolo.

«Al futuro» dissi, salendo sull'auto. Chiusi la portiera e pensai: *E che possiate bruciare entrambe per l'eternità.*

ELLA

«E QUESTO COS'È?» DOMANDAI A TRAY, sbattendogli in faccia un foglio di carta.

Il mio mercoledì mattina era iniziato da neanche due minuti ed ero già di pessimo umore. Grazie allo stronzo che si era seduto di nuovo sul banco davanti al mio.

Solo perché dovevamo lavorare insieme a un progetto, non significava che fosse necessario sederci vicini. Cosa che gli avrei fatto notare, non appena mi avesse dato delle spiegazioni sul foglio che aveva lasciato sulla mia sedia.

Lo guardò di sfuggita. «Una lista di domande per la nostra cena di sabato sera». Incrociò le braccia sul petto, mentre le sue gambe erano stese in quella che immaginavo fosse la sua posizione preferita. In qualche modo, lo faceva sembrare pigro ed elegante al tempo stesso. «Sarebbe fantastico se potessi scrivere le tue entro domani. Così avrei più tempo per ragionarci su».

Sussultai, abbassando lo sguardo sul foglio e poi riportandolo su di lui. «Sono *queste* le domande per l'intervista?». Cominciai a leggerle a voce alta. «Posto preferito per un appuntamento. Fiore preferito. Dolce preferito. Posto preferito per un bacio». Scossi la testa. «Sono domande da sito di incontri».

«Considerala una combinazione creativa». Le sue labbra

si incurvarono in un sorrisetto, facendogli comparire le fossette. «Non vedo l'ora di leggere le tue domande, Isabella. Sentiti libera di chiedere anche delle dimostrazioni pratiche».

Gli scoccai un'occhiataccia. «Puoi darmi una dimostrazione di come ci si accoltella da soli?».

«Certo» rispose, chiudendo la mano a pugno e sbattendola sul petto. «Così va bene, tesoro?».

«Con un pugnale sarebbe ancora meglio».

Schioccò la lingua. «Ci sono modi molto più interessanti di usare un'arma». Si alzò in piedi, giganteggiando con il suo metro e ottanta abbondante sul mio metro e cinquantacinque. Mi sforzai di non indietreggiare, nemmeno quando invase il mio spazio personale e mi posò la mano sul fianco. «Magari sabato porterò un pugnale e te lo mostrerò».

«Ti ho già detto che preferisco un giorno infrasettimanale».

«Peccato, perché sabato è la mia unica offerta». Risalì con la mano lungo la mia vita, con un tocco che sentii bruciare attraverso la sottile camicetta dell'uniforme. «A meno che tu non voglia prendere un'insufficienza?» suggerì. «Non mi dispiacerebbe giocare a fare il ribelle insieme a te».

«Cosa devi fare ogni giorno dopo la scuola? Com'è possibile che tu sia disponibile solo nel weekend?» domandai.

«Bella domanda. Mi piace. Aggiungila alla lista». Spostò la mano verso la parte inferiore della mia schiena, avvicinandomi al calore del suo corpo. «Ma cerca di essere un po' più creativa con le altre, Isabella. Voglio che ci conosciamo. Intimamente».

Odiai il brivido che mi suscitò l'ultima parola.

Odiai ancora di più quanto mi piacque. E che il mio stomaco fece una capriola.

Non lasciarti ingannare, mi dissi. *Questi ragazzi vogliono solo giocare.*

Giusto il giorno prima, Tray aveva provato ad annegarmi.

Beh, più o meno. Dopo era sembrato vagamente preoccupato, anche se solo per un secondo. E mi aveva dato un buon vantaggio per fuggire. Ma voleva ferirmi, proprio come Dash e Charlie. Non c'erano dubbi. Quello era semplicemente un modo nuovo della loro cricca di prendersi gioco di me.

«Non andrò al ballo con te» dissi, puntando i piedi. O meglio, pestandogli il suo.

Ma lui non fece una piega. Anzi, ebbe l'audacia di sorridere. «Allora presumo che prenderemo entrambi un'insufficienza». Mi lasciò andare e tornò a sedersi. «Se cambi idea, dimmelo. Sarò qui a farmi un pisolino».

Tray chiuse gli occhi.

E io ringhiai.

«Non puoi costringermi a venire a cena con te e al ballo solo per non prendere un'insufficienza».

Il suo silenzio confermò che invece era proprio così.

Mi guardai intorno e vidi che metà della classe osservava il nostro battibecco con vivo interesse; perfino Charlie sembrava divertito. «Ceneracchia non sa ballare, Nacht. Probabilmente non sa nemmeno come indossare un abito elegante».

Il commento suscitò un coro di risatine e mi fece alzare gli occhi al cielo. «Ho addosso una gonna proprio in questo momento»

«Non è la stessa cosa» ribatté. «Ma sappiamo tutti che tanto sarà uno scarto delle tue sorelle».

«Sorellastre» lo corressi. «E fatti gli affari tuoi». Diedi un calcio allo stivale di Tray, che aprì un occhio solo. «Cena alle sei. Niente ballo».

«No» rispose. «Cena e ballo, e domani mattina voglio trovare una lista di domande sul banco». E con quello, tornò a dormire.

Borbottai una parolaccia proprio mentre la professoressa Montgomery entrava nell'aula con un'espressione entusiasta.

«Buongiorno» ci salutò canticchiando, obbligandomi a tornare al mio posto.

Alla fine dell'ora, volevo uccidere Trayton Nacht. Quello stronzo testardo non mi lasciava altra scelta che accettare la sua folle proposta. Perché non potevo permettermi un brutto voto.

Dovevo mantenere una media alta per raggiungere il mio obiettivo: andare all'università dall'altra parte del paese e vivere molto, molto lontano dalle mie sorellastre e dalla mia matrigna. Dato che tutte le mie domande di ammissione dovevano ancora essere esaminate, l'ultima cosa di cui avevo bisogno era un'insufficienza.

Digrignai i denti, furiosa all'inverosimile.

Okay, sarei stata al gioco.

Avrei accettato la cena e il ballo e per tutto il tempo gli avrei reso la vita un inferno. A cominciare dalla scelta dell'abito. Le mie labbra si incurvarono verso l'alto. Sì, avevo già in mente il vestito perfetto. Se fossi stata fortunata, avrebbe terminato la nostra intervista in casa, pur di non farsi vedere in pubblico con me.

«Va bene, Tray» gli dissi, alzandomi in piedi e mettendomi lo zaino sulle spalle. «Hai vinto».

«Davvero?» mi chiese lui, che si era bloccato sentendomi pronunciare il suo nome. Si voltò appena verso di me. «Sei in punto?».

«Sei in punto» confermai.

«E il ballo?».

Mi sforzai di sorridere. «Sì, Tray. Anche il ballo».

Gli brillarono gli occhi. «Non te ne pentirai».

Fui quasi sul punto di sbuffare, ma mi limitai a scuotere la testa e superarlo. Perché aveva ragione. Non me ne sarei pentita. Ma lui sì.

«Non dimenticare le domande» mi urlò dietro.

Gli risposi mostrandogli il medio, senza nemmeno girarmi.
Avrebbe avuto le sue stupide domande.
E molto, molto di più.

TRAY

Isabella mi aspettava davanti al lungo vialetto tortuoso con un paio di jeans neri strappati e una felpa oversize macchiata d'inchiostro. I suoi capelli biondi erano raccolti in uno chignon disordinato, ed era priva di trucco.

Sorrisi, il divertimento mi scaldò il petto.

Se pensava che quell'abbigliamento mi avrebbe fatto desistere, si sbagliava di grosso.

«Ciao, tesoro» dissi, camminando intorno alla mia auto per raggiungerla. «Pronta per la grande serata?».

Lo shock le fece dilatare per un attimo le pupille, e un accenno di interesse le illuminò il volto quando esaminò il mio completo nero. Si leccò le labbra, un gesto che mi stese quanto la rapidità con cui tornò in sé. E mi squadrò con gli occhi ridotti a due fessure diffidenti. «Consideri questo ballo una *grande serata*?».

«Considero il nostro primo appuntamento una grande serata». Aprii la porta dal lato del passeggero. «Sali, Isabella».

«Primo consiglio per l'intervista» disse, facendo un passo avanti con i suoi stivali malconci. «Preferisco Ella».

«Primo consiglio per il nostro appuntamento». Le afferrai il fianco e la tirai verso di me, in modo da poterle sussurrare all'orecchio: «Preferisco chiamarti Isabella». La lasciai andare con una piccola spinta verso l'auto, e sorrisi quando praticamente cadde sul sedile. Non tanto per le mie parole, ma a causa dei jeans larghi e sformati. «Avresti dovuto indossare qualcosa di più pratico, bellezza».

Si sistemò sul sedile e mi fulminò con lo sguardo. «Andiamo e basta».

«Va bene». Chiusi la portiera e raccolsi la borsa che si era dimenticata sul vialetto. La gettai nel bagagliaio. Quando salii anch'io sull'auto, si era già messa la cintura. E non si preoccupò di ringraziarmi per aver recuperato le sue cose. «Hai dei modi impeccabili» le dissi, accendendo la macchina.

«Oh, grazie» rispose in tono stucchevole. «Mi sto sforzando solo per te».

«Ci credo» risposi con uno sbuffo. Era stata acida con me per tutta la settimana, e la sua lista di domande riassumeva perfettamente cosa pensasse di me.

Qual è il tuo più grande fallimento?

Preferiresti nuotare in una vasca di squali, o giocare in una fossa piena di serpenti?

Esiste qualcuno che ammiri più di te stesso?

Qual è il genere musicale che ti piace di meno?

Ogni domanda aveva una connotazione negativa, dimostrando che non mi avrebbe reso la vita facile. Un'esperienza del tutto nuova per me. Nel regno dei Fae di Mezzanotte, mi bastava guardare una ragazza per farla cadere in ginocchio.

Ma non Isabella.

Mi avrebbe fatto sudare. Non vedevo l'ora.

Raggiungemmo in silenzio il ristorante che avevo scelto. L'abbigliamento di Isabella avrebbe attirato l'attenzione, e sospettavo che lo avesse scelto apposta. Probabilmente si aspettava che mi avrebbe fatto rinunciare alla cena. E per questo era immersa nel silenzio. Anzi, sembrava addirittura un po' nervosa, almeno stando al modo in cui continuava a mangiucchiarsi le unghie.

Fermai l'auto accanto al parcheggiatore e soffocai un ghigno quando Isabella si irrigidì. «*La Scala*?» domandò in un sussurro.

«Già». Non le diedi la possibilità di aggiungere altro; scesi dall'auto e lanciai le chiavi al parcheggiatore. Quando aprii la portiera dal lato del passeggero, era ancora immobile, con la cintura allacciata. «Pronta?» le chiesi, tendendole la mano.

Mi guardò. Le sue guance erano tinte di un'adorabile sfumatura di rosa. «Non... non sono vestita in modo adatto per cenare al *La Scala*, Tray».

Inclinai la testa di lato. «Vuoi dirmi che questa non è la tua versione di un abbigliamento elegante?».

Non sorrise, né mi fulminò con lo sguardo come faceva di solito. Scosse la testa e si mise a fissare il parabrezza. «Questo è stato un errore».

Aggrottai la fronte. *Dov'è finita la mia combattente?*, mi domandai, accovacciandomi accanto a lei. «Isabella» dissi dolcemente, cercando di attirare la sua attenzione.

«Mi scusi, ho bisogno...».

Misi a tacere il parcheggiatore con un gesto della mano. Letteralmente. Fu avvolto da un vortice di magia oscura, che lo fece cadere in uno stato confusionale e lo lasciò intontito a fissare il vuoto. A breve mi sarei occupato di lui.

«Ella» tentai di nuovo, usando il nome che preferiva. «È solo una cena».

«Non qui». Chiuse gli occhi. «Ti prego, non qui».

Strano. In teoria, quel ristorante era il più elegante della città. Avevo dovuto usare la magia per ottenere un tavolo, dal momento che la maggior parte degli studenti dell'ultimo anno cenava lì, prima di andare al ballo.

Era per questo che non voleva entrare?

Arricciai le labbra di lato. No. Impossibile. A scuola non si era mai lasciata intimidire dai suoi compagni, perché al ristorante avrebbe dovuto essere diverso?

In ogni caso, era chiaro che non si sentiva a suo agio. Sebbene mi piacesse provocarla, la situazione sembrava sconfinare pericolosamente nel territorio delle emozioni. «Okay» le dissi, rialzandomi. «Andiamo da un'altra parte».

Chiusi la portiera e agitai la mano per dissolvere l'incantesimo lanciato sul parcheggiatore. L'umano sbatté ripetutamente le palpebre, confuso, mentre la ragnatela oscura si staccava dalla sua mente.

«Ottima cena» dissi, dandogli la mancia e riprendendomi le chiavi. «Grazie, amico».

Lui farfugliò qualcosa di incomprensibile alle mie spalle. Lo ignorai e mi rimisi al posto di guida, accanto a un'Isabella molto silenziosa.

Non parlò per tutto il viaggio, lasciando che trovassi una soluzione da solo. Darlington era piena di ristoranti costosi, di quelli in cui si paga una fortuna e dopo un'ora si è di nuovo affamati.

Avevamo bisogno di qualcosa di accogliente. Di un posto tranquillo, con cibo decente e un'atmosfera rilassata.

Benji's, pensai con un sorriso. *Sì, quello andrà bene.*

Si trovava nella città vicina, ed era famoso per le ali di pollo. Il luogo perfetto per un appuntamento senza troppe pretese.

«Dove stiamo andando?» chiese Isabella, quando ci avvicinammo alla periferia di Darlington.

«In un locale ad Asherington» risposi, posando la mano sul cambio. Eravamo prossimi a un semaforo. La guardai di sottecchi e notai che le sue guance erano tornate al loro solito pallore.

I suoi occhi azzurri guizzarono verso i miei. «Non mi chiedi il motivo?».

«Il motivo di cosa?». Il semaforo diventò verde, e io premetti il pedale della frizione per rimettere in marcia.

«Per cui non voglio cenare al *La Scala*».

Mi strinsi nelle spalle. «Mi è bastato vedere quanto fossi a disagio, Isabella. Se vuoi raccontarmi come stanno le cose, ti ascolto. Ma non ho bisogno di spiegazioni».

Tacque di nuovo, rivolgendo la sua attenzione al paesaggio autunnale al di là del vetro. Fu solo quando mancavano pochi minuti all'arrivo che ricominciò a parlare.

«Grazie» sussurrò.

Non sapevo se la gratitudine fosse dovuta al cambio di locale o al non aver insistito con le domande. Forse entrambe le cose. In ogni caso, annuii e risposi: «Prego». Il suo benessere sarebbe sempre venuto al primo posto, una decisione che avevo preso anni prima.

Avevo intenzione di morderla, quella fatidica notte, per placare la sete di sangue del mio lato oscuro. Ma la sua essenza mi aveva rapito. Metà Fae di Mezzanotte, metà umana. Una rara combinazione che la rendeva una Halfling.

E non ne aveva la più pallida idea.

Presto non sarebbe stato più così. Ma prima dovevo guadagnarmi la sua fiducia. In quel modo, avrebbe accettato più facilmente il suo diritto di nascita.

O almeno, quello era il piano.

Ma qualcosa mi diceva che Isabella Cinder non mi avrebbe reso le cose così facili.

Fermai la macchina nel parcheggio fatiscente di *Benji's* e spensi il motore. «Pronta per le migliori ali di pollo del mondo?» le chiesi.

Mi guardò con la fronte aggrottata. «Ne parli come se avessi mangiato qui molte volte».

«Perché è così» ammisi, uscendo dall'auto. Poi raggiunsi il lato del passeggero e aprii la portiera.

Stavolta non si irrigidì né rimase immobile, ma aveva ancora una ruga profonda tra le sopracciglia, quando i suoi stivali incontrarono il cemento. «Ma ti sei appena trasferito qui, no?».

Sorrisi. «Sicura?».

«Uhm... sì. Hai appena cominciato la scuola».

Chiusi la portiera e premetti il pulsante per chiudere anche l'auto, abbandonando i fogli con le domande sul sedile posteriore. Ci saremmo occupati più tardi dell'intervista.

«Ci sono molte cose che non sai di me, Isabella» dissi, guidandola verso l'ingresso del locale. «Come ad esempio la mia ossessione per le alette di *Benji's*».

«Dove andavi prima di Darlington?» mi domandò, seguendomi dentro. «Nella scuola pubblica della città?».

«No». Interruppi momentaneamente la conversazione per fare un cenno con la mano a Belinda, che mi rivolse un sorriso di benvenuto da dietro il bancone.

Osservò il mio completo elegante e fischiò, poi scoppiò a ridere. «Non c'era bisogno che ti mettessi in ghingheri per me, tesoro».

«Sai che adoro fare colpo su di te, signora B».

Lei reagì con un piccolo sbuffò e indicò i tavoli disposti sul lato del locale. «Siediti dove vuoi, Tray. Sai come funziona».

«Sì, grazie» risposi, appoggiando la mano sulla schiena di Isabella. La spinsi delicatamente verso il mio tavolo preferito.

Si sedette sul divanetto imbottito di fronte a me, con gli occhi azzurri fissi sui miei. La luce soffusa proveniente dall'alto illuminava delicatamente i suoi capelli biondi. «Okay, allora dove vivevi, se non a Darlington?».

«Dritti all'intervista, eh?» commentai con un sorrisetto,

passandole un menu. «Se te lo dicessi, non mi crederesti». Alzai lo sguardo e incontrai il suo. «Ma se stasera ti comporti bene, potrei mostrartelo».

Sbuffò. «È un modo per farmi tornare a casa con te?». La sua espressione si abbinava perfettamente alla sua replica. «Sappi che non accadrà».

Mi portai la mano al petto. «Così mi ferisci, Isabella».

«*Ella*, e ne dubito fortemente». Mi squadrò da capo a piedi. «Sappiamo entrambi che il tuo orgoglio è al sicuro dalla gente come me».

Si sbagliava, ma preferii non mettermi a discutere su quello, preferendo concentrarmi su un'altra questione. «Facciamo un patto» suggerii. «Ti chiamerò Ella, visto che lo preferisci, se accetterai di darmi almeno una possibilità. Hai un sacco di pregiudizi verso di me, nonostante il poco tempo trascorso insieme. Voglio avere l'opportunità di dimostrarti che ti sbagli».

«Beh, tendo a trarre le mie conclusioni, quando qualcuno cerca di affogarmi» ribatté lei. «Comunque, va bene. Ti darò l'opportunità di riabilitarti, se mi chiamerai come voglio».

Sorrisi. «Non ho cercato di affogarti, tesoro».

«No?». Inarcò le sopracciglia. «Quindi era il tuo modo di flirtare?».

«Era il mio modo di proteggerti» risposi, mentre Belinda si avvicinava al tavolo con due bicchieri d'acqua e una ciotola di arachidi. Lesse il menu del giorno a beneficio di Ella, dal momento che sapeva benissimo cosa avrei ordinato io, e si allontanò di nuovo per lasciarci decidere.

Ma Ella non stava guardando il menu. Tutta la sua attenzione era rivolta a me.

«Stai cercando di proteggermi tenendomi sott'acqua?» mi domandò incredula.

«Se non dai un'occhiata al menu, ordinerò alette anche per te» la avvertii. «Spero che il pollo ti piaccia».

«Non me ne frega niente del cibo» rispose, incrociando le braccia. «Voglio sapere com'è possibile che annegarmi sia un modo per proteggermi».

Sospirando, appoggiai i gomiti sul tavolo e mi sporsi verso di lei. «È un gioco, Ella. Un gioco di cui voglio avere totale controllo».

«Cosa? Come? Perché?».

«Perché voglio tenerti al sicuro» risposi, chiamando Belinda con un cenno della mano. «Concedimi questa serata e ti aiuterò a capire».

La signora B arrivò prima che Ella potesse dire qualcosa. Ordinai una varietà di ali di pollo per entrambi, patatine al formaggio, gambi di sedano e due coche alla ciliegia. Belinda scosse il capo, borbottando qualcosa su dove diavolo mettessi tutte quelle calorie, e ci lasciò alla nostra conversazione.

Ella mi studiò con attenzione, mentre il suo cervello stava sicuramente vagliando una serie di scenari diversi. «Perché dovrebbe importarti della mia sicurezza?» mi chiese.

«Perché mi piaci» ammisi, tornando ad appoggiarmi sullo schienale del divanetto. «A differenza di Dash e Charlie».

«Eppure, hai passato tutta la settimana con loro».

«Mi hai tenuto d'occhio, tesoro?» alzai e abbassai ripetutamente le sopracciglia. «Basta che tu me lo chieda, e ti dedicherò tutto il tempo che vuoi».

Sospirò. «Smettila con questi diversivi. Seriamente, a che gioco stai giocando?».

«Chi ha detto che sono diversivi?» ribattei, piegando la testa di lato. «E la risposta è molto semplice: ti voglio, Ella».

«Certo, certo». I suoi meravigliosi occhi azzurri si socchiusero in un'espressione diffidente. «Perché?».

«Perché sei speciale».

Mi lanciò un'occhiata divertita. «È veramente il meglio che hai? Almeno Dash mi ha detto che sono bella e ha parlato della mia intelligenza. Tu ti stai limitando al minimo indispensabile per attirarmi nella tua trappola e umiliarmi». Si chinò in avanti e abbassò la voce in tono cospiratorio: «Dovrai fare meglio di così».

«Attirarti in trappola e umiliarti» ripetei, riflettendoci sopra. «Vedi, penso che tu stia prendendo questo gioco nel modo sbagliato, Ella».

«Non è un gioco».

«Tutto è un gioco, tesoro». Solo che non se ne era ancora resa conto. «Sei riluttante ad assumere il tuo ruolo. Ma posso aiutarti. E insieme vinceremo».

Inarcò un sopracciglio. «Vinceremo cosa?».

«La guerra tra te e le tue malvagie sorellastre». Mi sbottonai la giacca e stesi le braccia sullo schienale del divanetto, adorando il modo in cui i suoi occhi seguirono ogni mio movimento. «Quando avremo finito, non si renderanno nemmeno conto di quello che è successo».

Ci pensò su per qualche istante, con una profonda sfiducia che traspariva dalla sua espressione. Considerando la nostra breve conoscenza, non potevo biasimarla. E considerando tutto quello che aveva passato, aveva bisogno di molto più delle mie parole per credermi.

Ciò mi diede un'idea.

«Cosa ne dici...» cominciai, sporgendomi ancora una volta in avanti e abbassando la voce. «Dammi questa serata. Lascia che ti mostri cos'ho in mente. Se non ti piace, non interferirò più. Ma se ti piace...». E sapevo che sarebbe stato così. «Beh, allora continueremo. E ti prometto che, alla fine, le tue sorellastre subiranno la giusta punizione per tutto quello che ti hanno fatto».

«Parli del mio passato come se sapessi tutto di me». Ella iniziò a tamburellare con le dita sul tavolo con un'espressione scettica. «Mi stai stalkerando, Nacht?».

Sorrisi. «Se ti dicessi di sì, mi crederesti?».

«L'unica cosa a cui credo è che sia stata Ryan a spingerti a fare tutte queste stronzate» rispose, incrociando le braccia sul petto. «Ciò spiegherebbe il tuo commento sulle mie sorellastre».

«O forse sono un buon osservatore e ho studiato tutte le dinamiche sociali dell'accademia, prima di trasferirmi». Che era esattamente quello che avevo fatto.

«Okay, diciamo che ti credo». Il suo tono rivelava l'esatto opposto; non mi credeva minimamente, ma mi stava assecondando ed era aperta a discutere di una situazione ipotetica. «Tu cosa ci guadagni? Perché vuoi aiutarmi a punire le mie sorellastre?».

«Perché mi piaci, Ella».

«Giusto. Perché sono *speciale*». Pronunciò la parola mimando in aria delle virgolette. «Non basta, Tray».

Mi grattai la mascella coperta da un velo di barba, valutando cosa potessi offrirle per farle cambiare idea. «Ti rendi conto che il motivo per cui le tue sorellastre non perdono occasione per tormentarti è perché sono gelose di te, sì?».

Una ruga le si formò tra le sopracciglia. «Gelose?». Ridacchiò. «Certo. Ah, e cambiare argomento non migliorerà l'opinione che ho di te».

«Non preoccuparti. Sto arrivando alla spiegazione». Feci una pausa per ringraziare Belinda delle bibite che ci aveva appena portato, poi tornai a concentrarmi su Ella. «Hai il potere di essere la regina della Darlington Academy. Questo ti rende una minaccia. Ed è il motivo per cui sei il loro bersaglio».

«Okay, ho la conferma che non mi hai stalkerata». Sorrise, ma non era un sorriso allegro né amichevole. «Mi odiano perché pensano che mio padre preferisse me».

«In parte è così, ma non è tutto» ribattei. «Sei stupenda, Ella. E loro hanno fatto di tutto per nasconderlo, ma perfino Charlie e Dash se ne sono accorti. *Chiunque* se ne accorgerebbe. Con il mio aiuto, potresti dominare l'intera scuola».

«E lasciami indovinare... sarai al mio fianco per tutto il tempo?».

Alzai le spalle. «Sarebbe uno dei tanti lati positivi dell'intera faccenda, sì». Ma il mio obiettivo principale era farla pagare a quelle stronze per come l'avevano trattata.

«No, grazie» rispose. «Non voglio diventare la reginetta della scuola».

E questo la rendeva ancora più perfetta ai miei occhi.

Però... «E non vuoi che paghino per tutto quello che ti hanno fatto?».

«Di nuovo, parli come se conoscessi il mio passato». Un lampo di sospetto le balenò nello sguardo. «Da dov'è che ti sei trasferito?».

«Non ci vuole un genio per capire che ti hanno reso la vita un inferno» commentai, eludendo la sua domanda. «Ciò che mi sorprende è quanto poco ti interessi avere la possibilità di vendicarti. La maggior parte delle persone vi si getterebbe a capofitto».

«È perché so che è inutile».

«Sicura?». Congiunsi le dita e catturai il suo sguardo. «Ci hai provato?».

«Cosa vuoi che faccia, Tray? La scuola è loro». Inarcò un sopracciglio come a dire: "E questo è quanto".

«Ma io no».

«Non ne sono ancora così sicura» rispose in tono gelido.

«Lascia che te lo dimostri».

Alzò gli occhi al cielo. «Di nuovo...».

«La mia offerta è ancora valida» mormorai. «Concedimi l'opportunità di mostrarti che dico sul serio. Se ti avrò convinta, continueremo a lavorare insieme. Altrimenti, ti lascerò in pace». Almeno per quanto riguardava la vendetta sulle sue sorellastre. Se davvero non le importava, non avrei insistito. E avrei accelerato la tabella di marcia per il suo inserimento nel mondo dei Fae.

Allontanò una ciocca di capelli dal viso con uno sbuffo e scosse la testa. «Okay, va bene. Se significa che poi mi lascerai in pace, starò al gioco».

Le mie labbra si incurvarono all'insù. «Davvero?».

«Sì. Perché no». Non sembrava minimamente entusiasta, ma il suo consenso mi bastava. «Allora, qual è il piano? Come pensi di farmi cambiare idea?».

Sorrisi. Se solo avesse saputo... «Beh, per cominciare, ho bisogno che ti cambi e ti metti qualcosa di più elegante».

«Quello sarà un problema».

«Perché?».

«Non ho un vestito elegante» rispose con una smorfia. «Dovrei prenderlo in prestito da Ryan o Carmen, e...». Alzò una spalla.

«Non ti renderebbe giustizia» terminai per lei.

«Stavo per dire che mi starebbe troppo largo».

Sì, anche quello. «Non è un problema. Mi occuperò io dell'abito. Anzi, mi occuperò di tutto. Tu devi solo stare al gioco».

Mi osservò con un sopracciglio sollevato. «Suona molto sinistro, Nacht».

«Al contrario, *Cinder*. Sto per realizzare tutti i tuoi sogni. Dopo aver mangiato». Perché stavo morendo di fame. Poi avremmo cominciato.

Ella

Cosa stai tramando, Trayton Nacht?, mi domandai per l'ennesima volta, guardandomi allo specchio. *E come diavolo sei riuscito a fare una cosa del genere?*

Non solo aveva fatto aprire un negozio per trovarmi un abito, ma aveva anche chiamato una parrucchiera e una truccatrice. Ero stata sul punto di protestare, ma alla fine avevo deciso che non ne valeva la pena. Se voleva buttare i suoi soldi così, era liberissimo di farlo.

Ero stata al gioco solo per conoscerlo meglio e per comprendere le sue reali motivazioni. Sicuramente lo stava facendo per un tornaconto personale. Forse era stato spinto da Ryan o Charlie, una sorta di test perverso per vedere se fosse riuscito a umiliarmi.

Beh, era stato lui a rimetterci.

Perché mi aveva comprato quello splendido vestito e probabilmente aveva speso parecchio per trucco e capelli. Oh, e le scarpe. Argentate, con dei tacchi a spillo che mi regalavano almeno cinque centimetri. Anche se restavo comunque più bassa di lui. Facendo due conti, doveva aver speso almeno mille dollari per quella buffonata.

Almeno avevo un bell'aspetto.

La scollatura a V esaltava il mio seno poco generoso, il corpetto mi accentuava il punto vita e la gonna scendeva dolcemente fino alle caviglie. Feci una piroetta davanti allo specchio, guardando la stoffa azzurra che mi svolazzava intorno alle gambe.

Un abito fin troppo elegante per l'*homecoming*.

Lo adoravo.

E, ancora più importante, Ryan e Carmen lo avrebbero odiato.

Due piccioni con una fava.

Dovevo solo restare lucida e scoprire le vere motivazioni di Tray, e la serata sarebbe stata un successo. Beh, a parte il fatto di non sapere ancora abbastanza su di lui per poter terminare il compito assegnato dalla professoressa Montgomery. Era sempre evasivo, si rifiutava di dirmi dove andava a scuola, prima dell'accademia, o come faceva ad avere tutti quei contatti a Darlington. Non era una grande città, eppure non lo avevo mai sentito nominare, finché non si era presentato in classe il lunedì precedente. E sembrava che nemmeno Charlie e Dash sapessero nulla di lui.

Chi sei davvero?, pensai, afferrando la pochette azzurra che avevo comprato per fare conto tondo. Poi mi avviai verso l'uscita e all'esterno del negozio, dove mi stava aspettando Tray. Non aveva voluto aiutarmi a scegliere il vestito e gli accessori, limitandosi a presentarmi tutte le persone che aveva convocato, a consegnare la sua carta di credito e a dire che, se avessimo avuto bisogno di qualcosa, lo avremmo trovato fuori.

Dato che non aveva posto un limite di spesa, avevo deciso di divertirmi un po'.

Anzi, molto.

Avvolsi le dita coperte dai guanti, un altro accessorio stravagante, attorno alla maniglia e aprii la porta del negozio.

Tray era appoggiato a una limousine parcheggiata accanto al marciapiede, con le mani infilate nelle tasche dei pantaloni del vestito e lo sguardo rivolto alla notte priva di stelle. Scorsi un accenno di nostalgia sul suo viso, che sembrò distrarlo dal mio arrivo.

Mi schiarii la voce per annunciare la mia presenza.

Lui sbatté le palpebre e abbassò lentamente lo sguardo su di me. Le sue iridi mi ricordarono il cielo che ci sovrastava, ma le vidi illuminarsi alla vista del mio abbigliamento. Un leggero brivido mi accarezzò la spina dorsale per l'ovvia approvazione che lessi in quelle pozze scure e ardenti. «Hai un aspetto stupendo, Ella» mormorò.

Mi strinsi nelle spalle. «Sì, è incredibile quello che possono fare una parrucchiera e un chilo di trucco. Anche il vestito non è male».

Le sue labbra si incurvarono all'insù mentre scuoteva la testa. I ciuffi castano ramati erano accarezzati dal vento che preannunciava l'arrivo del freddo. In Massachusetts, ottobre era sempre un'incognita. Quella notte, però, ebbi l'impressione che ci aspettasse un inverno gelido.

Tray si allontanò dalla limousine con gli occhi che brillavano, e invase il mio spazio personale per afferrarmi un fianco. «Non sono il trucco e i vestiti a renderti bella, Ella. Lo sei e basta». Premette le labbra sulla mia tempia, poi si spostò di lato, offrendomi il braccio. «Andiamo?».

Volevo protestare, dirgli che si sbagliava, invece mi morsi la lingua e annuii. Avevamo quasi raggiunto il momento in cui mi avrebbe rivelato le sue reali intenzioni. Fino ad allora, gli avrei lasciato pensare che credevo alle sue stupidaggini.

«Grazie» dissi, mentre mi aiutava a salire sull'auto. La gonna dell'abito occupava metà del sedile posteriore; ne sembrò divertito, e spinse in là un po' di tessuto per prendere posto accanto a me. «Cos'è successo alla tua auto?» gli domandai.

«Perché? Avresti preferito andare al ballo con quella?» chiese, prendendo un piatto di fragole ricoperte di cioccolato e porgendomelo perché ne scegliessi una.

Mangiarla avrebbe fatto sparire un po' di rossetto. Ma ne avevo uno stick di riserva nella borsa, grazie alla truccatrice. Un'altra voce aggiunta al conto di Tray.

Riposi la pochette sul sedile e afferrai una grossa fragola dal centro del vassoio; invece di rispondere a quella che immaginavo fosse una domanda retorica, diedi un morso al frutto. Sembrava che Trayton Nacht preferisse ribattere con altre domande, invece di rispondere.

Mi osservò mentre finivo la fragola, con lo sguardo fisso sulla mia bocca. Mi leccai il succo dalle labbra e ne presi un'altra. Perché no? Erano buone, ed erano uno dei miei frutti preferiti.

La limousine cominciò a muoversi, e con lei uno sciame di farfalle che mi svolazzò nello stomaco. Eravamo in ritardo di quasi due ore per il ballo; ciò significava che tutti sarebbero già stati lì. Sospettavo che fosse quello lo scopo di Tray.

Presi una terza fragola e allontanai il vassoio, incapace di mangiarne altre. Erano deliziose, ma il nervosismo stava avendo la meglio.

Tray mise da parte il vassoio e si girò verso di me. «Sei pronta per un piccolo esperimento, Ella?».

«Dipende dall'esperimento» risposi con lo stomaco attorcigliato. Forse mangiare una terza fragola non era una buona idea. La rimisi sul vassoio, per poi concentrarmi su Tray. «Perché stai facendo tutto questo?».

Ridacchiò. «Te l'ho già detto».

«Voglio la verità, Tray». Perché non ci avevo creduto nemmeno per un istante che voleva solo aiutarmi a vendicarmi. Doveva esserci qualcos'altro. Nessuno agiva per pura bontà d'animo. E poi mi conosceva appena. «Chi è stato a spingerti a farlo?» chiesi, tentando di scoprire la verità da un'altra prospettiva. «Ryan? Carmen?».

Ma lui ridacchiò ancora più forte e scosse la testa. «Concedimi questa serata, Ella. Ti prometto che, alla fine, capirai tutto».

Significava che aveva intenzione di scoprire alcune delle sue carte al ballo.

Bene.

Se sperava in una replica del mio crollo del primo anno, sarebbe rimasto deluso. Non ci sarei cascata di nuovo.

«Non sono come gli altri studenti» aggiunse. «Te lo dimostrerò».

Mi arresi con una scrollata di spalle. «Fa' pure del tuo peggio» lo sfidai.

«Perché non del mio meglio, invece?» ribatté.

Lisciai la gonna con le mani avvolte dai guanti. «Certo, Tray».

Percorremmo il resto del tragitto in silenzio. Mentre Tray mi aiutava a scendere dall'auto, osservai l'edificio scelto per ospitare il ballo. Era un palazzo dall'aspetto imponente e minaccioso, accentuato dal modo in cui si stagliava nel paesaggio buio, con la luna coperta dalle nuvole. Quasi mi aspettavo di vedere dei pipistrelli svolazzare intorno ai lampioni, o una serie di ragni che si arrampicavano sui muri di pietra. Sarebbe stato appropriato, visto il periodo.

Invece, era tutto addobbato per il ballo dell'*homecoming* organizzato ogni anno dalla Darlington Academy. Non sapevo chi fosse il proprietario dell'edificio, il cui stile architettonico richiamava vagamente quello europeo. Doveva avere almeno un secolo.

Tray premette il palmo sulla parte inferiore della mia schiena, guidandomi sulla scalinata di pietra, verso le gigantesche porte di legno. Due uomini sbucarono da dietro le colonne dell'ingresso per lasciarci entrare, facendomi stringere un po' di più al fianco di Tray. Non li avevo notati, vestiti di nero da capo a piedi, e non mi era piaciuto il modo in cui sembravano essere spuntati dal nulla.

Datti una calmata, Ella, mi dissi. *È solo un ballo.*

Solo che l'ultima volta che ero stata a un ballo, ero scappata via in lacrime, dopo che mi avevano spezzato il cuore davanti a tutta la classe.

Almeno non era successo *lì*. Perché altrimenti sarei dovuta tornare alla limousine e avrei dovuto chiedere a Tray di riportarmi a casa.

Potevo farcela.

Respira. Scopri cosa sta tramando. E poi vattene.

Continuai a ripetermelo come un mantra, mentre percorrevamo il lungo corridoio in cui rimbombava già il suono dei bassi. Non c'erano molte decorazioni, anche perché il palazzo stesso era abbellito da ornamenti in bronzo e in oro che ostentavano ricchezza ed eleganza a ogni angolo. Perfino il pavimento di marmo sembrava che fosse appena stato lucidato. Le composizioni floreali si mescolavano con le luci basse, creando un'atmosfera romantica che non si sposava molto bene con la musica moderna che tuonava dal salone.

Tray si fermò sulla piattaforma in fondo al corridoio e mi guardò. «Sei pronta?».

L'ultima volta in cui mi ero ritrovata nella medesima situazione, era stato pochi minuti prima della mia indimenticabile umiliazione. Speravo che Tray si comportasse come Dash, mostrandomi la sua vera natura. Ero pronta a farla finita con tutta quella messinscena e non vedevo l'ora di rimetterlo al suo posto con una reazione disinvolta.

Rifiutavo di credere che volesse davvero aiutarmi. Stava nascondendo qualcosa, non avevo dubbi. Proprio come chiunque altro in quella città.

«Ella?». Mi posò la mano sulla guancia, strappandomi dai miei pensieri. «Se non te la senti, possiamo...».

«Sto bene» lo interruppi, sforzandomi di sorridere. «Andiamo, non vedo l'ora di farla finita con tutto questo».

Ridacchiò e scosse la testa. «Quello che ogni uomo vorrebbe sentirsi dire al primo appuntamento».

«Non è un appuntamento, Tray. È un esperimento sociale».

La sua risata si spense quando invase per l'ennesima volta il mio spazio personale, un'abitudine che sembrava ormai consolidata, e mi costrinse a indietreggiare verso la parete. Appoggiò le mani sul muro ai lati della mia testa, ingabbiandomi. «Hai ragione» mormorò, abbassando il viso finché le sue labbra non furono a pochi centimetri dalle mie. «Questa è solo un'introduzione».

La sua bocca quasi sfiorò la mia, solo per posarsi sulla mia guancia quando girai il viso all'ultimo momento. Sentii il suo sorriso sulla pelle.

«Mmm, mi piace il tuo modo di giocare» sussurrò, trascinando il naso lungo la mia guancia, scendendo verso il collo. Un tocco leggero che mi fece rabbrividire e venire la pelle d'oca. In netto contrasto con il calore che mi risaliva la schiena, stabilendosi nel mio petto.

«Non sto giocando» risposi, rendendomi conto che avevo la voce roca.

Ridacchiò sulla mia gola, il suo respiro mi fece tornare le farfalle allo stomaco.

Perché ha questo effetto su di me?, mi domandai, spingendo la schiena contro il muro in un vano tentativo di allontanarmi da lui. Charlie e Dash si erano comportati in modo simile, in passato, ma non avevano avuto lo stesso effetto. Volevo solo spingerli via. Tray, invece... Una parte di me avrebbe voluto afferrarlo. Toccarlo. Inarcarsi verso di lui.

I suoi denti mi sfiorarono il collo, dove il mio battito pulsava, facendomi sussultare.

Chiusi le mani a pugno. «Tray...». Non sapevo cosa dire, non riuscivo a pensare a nient'altro che al modo in cui il suo corpo premeva sul mio.

Caldo.

Rovente.

Desiderio.

Deglutii e chiusi gli occhi. Non avrebbe dovuto succedere. No, *non poteva* succedere. Dovevo darmi una svegliata, spingerlo via come avevo sempre fatto con Dash e Charlie. Trayton Nacht non era davvero interessato a me. Quel...

«Ella» sussurrò, tracciando un sentiero con la lingua che mi risalì il collo e raggiunse l'orecchio, distruggendo ancora una volta la mia concentrazione.

Sono fottuta.

«Anche se non è un vero appuntamento, c'è qualcosa tra di noi» continuò, mordicchiandomi il lobo e privandomi della capacità di parlare. Non che sapessi come rispondergli. «Scenderemo quelle scale in modo che tutti possano vedere la principessa che si nasconde dentro di te. E quando avremo finito con loro, si inchineranno tutti ai tuoi piedi».

Mi posò la mano sulla guancia, guidando il mio sguardo verso il suo. Con quella bocca incredibilmente affascinante troppo vicina alla mia. «Sei pronta?» mi domandò di nuovo.

Non riuscivo a respirare, così mi limitai ad annuire. Dovevamo darci una mossa, così poi sarei potuta tornare a casa. E in fretta.

Un po' come togliere un cerotto. Ora. E correre via. Correre...

Mi sfiorò il bordo della bocca con le labbra, mandando di nuovo in cortocircuito i miei pensieri. E poi mi lasciò andare.

Una protesta mi si impigliò in gola, e quando finalmente ebbi le parole sulla punta della lingua, erano ridotte a borbottii incomprensibili. Così le ingoiai e scossi la testa, cercando di riprendere il controllo di me stessa.

Quel ragazzo era molto potente.

Un pericolo ambulante che mi strapazzava i neuroni.

Una minaccia da cui dovevo allontanarmi al più presto.

Esattamente il contrario di quello che feci. Il mio corpo agì di sua spontanea volontà, il mio braccio traditore si aggrappò al suo. E mi lasciai condurre verso la piattaforma.

Cosa mi sta succedendo?, mi domandai, sentendomi leggera come l'aria. *Mi ha baciata.*

Che pensiero ridicolo. Perché dovrebbe essere importante? Anche Dash mi aveva baciata. Diverse volte. Ma dopo non mi ero mai sentita in quel modo.

E poi, Tray non mi aveva davvero baciata. Non appassionatamente.

Allora perché ero al settimo cielo?! Solo perché un ragazzo carino mi aveva toccata? Aggrottai la fronte. Lo stesso "ragazzo carino" che aveva cercato di annegarmi solo qualche giorno prima. E di cui non mi fidavo.

Ma il mio stupido corpo non sembrava curarsene.

E infatti scesi la scalinata al suo fianco, verso la sala da ballo.

Dove c'era almeno metà della mia classe a fissarci. Fantastico. Tray avrebbe portato a termine il suo piano da un momento all'altro, umiliandomi davanti a tutti.

«Sei stupenda» mi sussurrò all'orecchio. «E ora lo sanno anche loro».

Non gli risposi nemmeno. Per colpirmi davvero non gli sarebbe bastato qualche vago complimento. E l'abito. E la limousine. E tutto quello che aveva fatto per me quella sera.

Scossi ancora una volta il capo e rivolsi la mia attenzione al resto della sala. Ryan era in piedi accanto a un Dash accigliato; l'espressione della mia sorellastra era sempre più acida man mano che il suo sguardo scorreva lungo il mio abito. Carmen apparve alle sue spalle, con la stessa irritazione in volto. Era tutto molto diverso dall'ultimo ballo. Al mio arrivo, le avevo trovate raggianti.

Cosa c'era di diverso?

Tray mi allontanò da loro, conducendomi verso il centro

della stanza, avvicinando di nuovo le labbra al mio orecchio. «Balla con me».

«Perché?» domandai, tremando per la sua vicinanza e per tutti gli occhi che avevo puntati addosso. Ero convinta che ce l'avrei fatta, che sarei riuscita ad affrontare tutti i miei compagni e mandarli a fanculo. Ma Tray mi aveva innervosita, stordendomi con il suo tocco.

«Perché ci stanno fissando tutti, e voglio che vedano qualcosa di indimenticabile» rispose, facendomi volteggiare tra le sue braccia con un movimento esperto che i miei piedi seguirono automaticamente.

Il ballo da sala era un corso facoltativo alla Darlington Academy, ma non era per quello che sapevo come seguire i passi di Tray. Quando ero piccola, mia madre mi aveva insegnato tutti i movimenti principali. E mi aveva iscritto a un corso di danza classica. Il mio passatempo preferito, prima che la mia matrigna me lo portasse via. *Le faccende domestiche sono più importanti che trastullarsi con le scarpette a punta*, aveva detto.

Pensarci mi causò una fitta al petto. Ma il mio battito accelerò rapidamente, quando Tray mi toccò i fianchi in un modo che non provavo da anni.

Lo seguii con l'impressione che le mie gambe fossero sotto l'incantesimo della mia vita precedente. Ricordi di mia madre volteggiarono nella mia mente, proprio come era successo all'esterno del ristorante *La Scala*. Solo che stavolta non furono accompagnati dal dolore, ma da un senso di libertà.

Sto danzando, mi meravigliai, temporaneamente sospesa in uno stato d'animo che non provavo da tanto, tanto tempo. Non sapevo come Tray ci fosse riuscito. Ma non volevo più andarmene.

Mi sentivo viva.

Come un uccello che si librava nel cielo.

Mi sembrava di volare.

Libera.

Accelerò il passo, seguendo il ritmo della canzone e facendomi piroettare sempre nel momento giusto. Le sue mani esperte guidavano le mie, i suoi movimenti erano quelli di un maestro di danza. E io mi abbandonai alla musica. Mi abbandonai a Tray e alla sua abilità. Mi permisi di dimenticare il mondo crudele che ci circondava, di fingere di vivere in un'altra realtà.

Anche attraverso l'abito, sentivo il calore delle sue mani sulla vita, sui fianchi, alla base della schiena. Mi sentivo posseduta da lui, posseduta dal ritmo che guidava i nostri passi. Mi fece piegare fin quasi a sfiorare il pavimento, e poi mi sollevò di nuovo. Il mio petto sfiorò il suo, ansimando, e il suono degli applausi mi trafisse le orecchie.

Occhi scuri e ardenti catturarono i miei.

Niente sorriso.

Nessuna espressione divertita.

Solo un'intensità che quasi mi incendiò le viscere.

Deglutii, chiedendomi come fosse potuto accadere. Era come se mi avesse scagliato un incantesimo, manovrando le mie azioni e dissolvendo ogni esitazione.

Le sue dita mi risalirono la schiena, andando ad accarezzarmi la nuca, mentre l'altra mano si posò sul mio fianco. «Ora vedono la vera te, Ella» sussurrò. «Una gemma scintillante in un oceano di oscurità».

Lo fissai. «Mi dici sempre cose strane».

«E ho appena cominciato, tesoro». La sua bocca fu sulla mia così rapidamente, che non capii cosa stesse facendo finché la sua lingua non schiuse le mie labbra.

Tutto si fermò.

Perché il bacio che mi aveva dato in corridoio, molto più simile a una carezza, non era niente in confronto a *quello*. Mi stava baciando come se la sua vita dipendesse dalla mia. Non riuscivo nemmeno a respirare, travolta dall'intensità e dalla possessività del suo tocco.

Una parte di me voleva lottare.

Mentre l'altra sospirò per la perfezione di quel momento.

Sto impazzendo.

Non avrei dovuto ricambiare, eppure lo feci. Ferocemente. Con le dita affondate tra i suoi capelli. Con il mio maledetto corpo che aveva preso il controllo senza il permesso della mente. Ma ero troppo assorbita dal bacio per smettere, non esisteva nient'altro. Nei miei pensieri c'era solo rumore bianco.

La sua lingua accarezzò la mia con la stessa maestria che aveva usato sulla pista da ballo, ipnotizzandomi fino a distruggere ogni mia resistenza. Sottomettendomi.

Un forte tintinnio mi provocò una scarica elettrica lungo la schiena, riportandomi alla realtà come se mi avessero schiaffeggiata. Il suono proveniva da un orologio presente da qualche parte nel salone. Annunciava l'ora. *Mezzanotte.*

Aprii gli occhi e trovai un cerchio di persone attorno a noi.

Proprio come al ballo del primo anno.

La paura mi attanagliò il ventre.

Una sensazione inquietante mi strisciò sulla pelle.

Tray sorrise a qualcuno che si trovava alle mie spalle, e il mio cuore si fermò. *Tre, due...*

«Ma che carini» disse Ryan dietro di me. «Ho fatto fatica a riconoscerti, Ceneracchia. Tra il trucco e tutto il resto».

Carmen ridacchiò, un suono che mi fece rabbrividire. «Ma non puoi comunque nascondere tutta la spazzatura che c'è sotto».

Una di loro accarezzò la gonna dell'abito, e sapevo cosa sarebbe successo di lì a poco. Anche prima di sentire il rumore rivelatore di uno strappo.

Merda.

Ella

«Signore» le salutò Tray, abbassando le mani sui miei fianchi per tenermi lì dov'ero. «Siete venute a riscuotere?».

«Uhm... dipende da cosa offri» rispose Ryan, mentre un'unghia scivolava decisa sulla mia schiena, fino a raggiungere la parte superiore della cerniera.

Tray mi fece volteggiare tra le sue braccia prima che potessi reagire, impedendo che mi aprissero il vestito. «La tua sorellastra avanza un ballo» mi sussurrò all'orecchio. «Va' a prenderci qualcosa da bere». E mi allontanò con una piccola spinta, facendo poi un passo avanti e prendendo Ryan tra le braccia.

Rimasi a fissare la sua schiena, scioccata, nonostante mi fossi aspettata un simile comportamento da parte sua. Tuttavia, ero convinta che avrei subito un'umiliazione pubblica, non un semplice scambio di partner di ballo.

«Adesso, Isabella» aggiunse, lanciandomi un'occhiata oltre la spalla.

Lo fulminai con lo sguardo, e Carmen e Ryan ridacchiarono.

Voleva che andassi a prendere da bere come se fossi la sua cameriera? Okay. Lo avrei fatto. «Torno subito» risposi in tono soave, con la rabbia che mi si agitava nel petto.

Come avevo fatto a cadere vittima del suo incantesimo così facilmente? Mi aveva *baciata* davanti a tutti. Avrebbe baciato anche Ryan? Era quello il suo scopo? Mostrarmi quanto fossi insignificante per lui? O forse aveva intenzione di dire a tutti che non ero all'altezza dei suoi standard, per mettermi in imbarazzo a un livello ancora più intimo.

In ogni caso, non gli avrei dato la soddisfazione di vedermi ferita.

Poteva ballare con Ryan tutta la notte. Non mi importava. Ma prima, avrei portato loro *qualcosa da bere*.

Sorrisi per il piano che stava prendendo forma nella mia mente. Ma mi scontrai con Dash e Charlie, che erano rimasti in disparte ad aspettarmi. Sapevo che cercare di girargli non sarebbe servito, quindi mi fermai e inarcai un sopracciglio. «Sì?».

«Vedo che l'abbigliamento non ha migliorato i tuoi modi» commentò Charlie squadrandomi da capo a piedi, indugiando fin troppo a lungo sul mio décolleté.

Dash mi girò intorno con un'espressione seria, una novità per lui. Di solito, ghignava, lanciava occhiatacce o prendeva in giro; quella sera, invece, sembrava tranquillo e pensieroso. E ciò riusciva a innervosirmi ancora di più.

«Volevate qualcosa?» domandai, con le mani sui fianchi.

«Sì». Dash mi prese per la vita. «Un ballo».

Fui sul punto di sbuffare. Non poteva parlare seriamente. «Certo» mentii. «Dopo che avrò portato a Sua Maestà i drink che ha chiesto, ballerò con te».

Sì, come no.

Me ne sarei andata subito dopo aver accontentato l'aspirante principe della Darlington Academy. In fin dei conti, non era esattamente quello il motivo per cui voleva aiutarmi? Aveva detto che voleva essere al mio fianco quando fossi diventata la nuova regina. Ma perché disturbarsi, potendo puntare all'attuale monarca?

Dash strinse la presa. «*Ella*».

Lo guardai. «Scusa, cos'hai detto?». Non lo stavo ascoltando, persa com'ero nei miei pensieri.

Mi strinse a sé, mentre Charlie si mise alle mie spalle, imprigionandomi. «Voglio ballare».

La loro vicinanza era impregnata di un senso di minaccia che mi fece accelerare il battito. *Sta' calma*, mi dissi. *Cerca di sorridere.* «E lo faremo, appena avrò portato da bere a Sua Maestà».

La ruga che gli comparve tra le sopracciglia mi disse che non aveva apprezzato la mia risposta. «Non era una richiesta».

«Credo che dovremmo ricordarle chi è che comanda qui, Charming».

«Sì, lo penso anch'io, Anderson» concordò, spostando una mano sulla mia schiena. «Hai dimenticato il nostro primo ballo? Quanto ci siamo divertiti?».

«Sì, certo. Mi ricordo benissimo quanto sia stato *divertente*» risposi con una smorfia.

«Hai bisogno che ti baci di nuovo? Per ricordarti cosa significa essere nelle mie mani esperte?». Lo dimostrò abbassando la mano sul mio sedere e strizzandolo. Forte.

Charlie si chinò su di me e mi morse l'orecchio, facendomi strillare per la sorpresa. «O forse preferisci provare la mia bocca, tanto per cambiare».

Rabbrividii, ma non in modo piacevole. «No, grazie» dissi, tentando di divincolarmi e allontanarmi da loro.

Due mani forti si serrarono sui miei fianchi, tenendomi ferma, mentre Dash avvicinava il viso al mio. «Sono stanco di questi giochetti». Mi catturò il mento tra le dita, stringendolo fino a farmi male. «Se puoi baciare Tray, allora puoi baciare anche me».

«Bacio chi voglio» ribattei. E nel momento in cui le sue labbra furono troppo vicine alle mie, gli sputai in faccia. Preferivo subire la sua rabbia, che permettergli di baciarmi.

Un ringhio gli risuonò in gola, e strinse la presa in modo insopportabile. Con l'altra mano mi afferrò il vestito, strattonandomi verso di lui. «Puliscilo con la lingua, stronza».

«Fallo tu, idiota». Alzai il ginocchio, sperando di riuscire a colpirlo all'inguine, ma la mia gamba si impigliò nel tulle della gonna. *Maledetto vestito!*

Sfregò la guancia umida sulla mia, mentre Charlie continuava a impedirmi di fuggire. Ebbi un conato di vomito in risposta all'erezione che sentivo premere sul sedere e alla saliva che Dash mi aveva spalmato sulla guancia.

Nessuno venne ad aiutarmi.

Si limitarono a guardare, perché gli studenti dell'accademia non erano nient'altro che un gregge di pecore con i soldi.

E gli insegnanti non si vedevano da nessuna parte.

Potevo contare solo su me stessa. Come sempre.

Mentre venivo maltrattata da *due* ragazzi. Ah, ma loro erano i principi della scuola, i capitani delle rispettive squadre, quindi nessuno si sarebbe mai sognato di fare qualcosa. No, non quando si trattava di Charlie Anderson o di Dash Charming.

Il sangue mi ribolliva nelle vene, incendiandomi la pelle, mentre lottavo con tutte le mie forze per sottrarmi alla loro presa.

Con l'unico risultato di farli scoppiare a ridere.

Adoravano quando lottavo.

«Lasciatemi andare» dissi.

«Dai, Ceneracchia. Ti sei vestita così per fare colpo su di noi, e ha funzionato. Ora devi subirne le conseguenze». Dash era il ritratto dell'arroganza, con le labbra incurvate in un sorriso malvagio. «Dicci cosa c'è sotto. Qualcosa di pizzo azzurro, come l'abito?».

«Mmm, o forse non indossa nulla» suggerì Charlie, con la bocca troppo vicina al mio orecchio e la sua erezione che mi strusciava sul sedere.

«Basta» sbottai, cercando di allontanarmi da loro. Ma senza riuscirci. Ero in trappola. Avevo il cuore in gola. *Almeno non siamo soli*, mi dissi. *Sì, come se a qualcuno importasse.*

Dovevo giocare d'astuzia.

Fingere di dare loro quello che volevano, finché non avessero abbassato la guardia, permettendomi di fuggire.

Quello era...

«Toglietele le mani di dosso» ordinò una voce in tono gelido.

Fantastico. Voleva fare il cavaliere. Come se avessi potuto cascarci di nuovo. «Vattene, Tray» gli dissi, furiosa con lui e con tutti gli altri. «Torna dalla tua nuova regina».

Con il mento ancora intrappolato tra le dita di Dash, non potei girarmi per vedere l'espressione di Tray, ma sentii benissimo la sua risatina. «Oh, vedo che l'avete fatta arrabbiare» osservò.

«È facile» rispose Charlie, affondando il naso tra i miei capelli. «Dobbiamo ringraziare te per il suo evidente miglioramento?».

«Potrei avere assoldato un intero team» ammise, tendendomi la mano. «Vieni, Ella».

Non avrei obbedito nemmeno se avessi potuto.

«Non abbiamo ancora finito di giocare con lei». Dash inclinò la testa di lato, senza mai distogliere lo sguardo dal mio. «È convinta di avere il diritto di respingermi».

«Ce l'ha, visto che sono stato io a portarla al ballo» ribatté Tray, con una sfumatura tagliente nel tono. «Lasciala andare, Charming. Ti sei divertito abbastanza. Adesso è il mio turno».

«Al contrario, penso che tu abbia finito. È giunto il momento di lasciare spazio ai professionisti». La bocca di Dash si avventò sulla mia, e la sua lingua si insinuò tra le mie labbra prima ancora che potessi rendermi conto di cosa stava succedendo.

I miei denti si serrarono in segno di protesta, il mio corpo si congelò.

Una reazione completamente opposta al bacio di Tray. Ma ci avrei riflettuto più tardi.

Perché ora l'unica cosa importante era che Dash sparisse dalla mia vista.

Gli misi le mani sul petto e lo spinsi via con tutte le mie forze, ma il suo corpo muscoloso non si spostò di un centimetro.

Finché qualcuno non lo strattonò all'indietro. Il gesto brusco infranse la mia immobilità e mi spinse ad agire. Mi voltai rapidamente verso Charlie e gli tirai un pugno sul naso.

Tray mi prese per la vita, sollevandomi dal pavimento e mettendomi dietro di lui. «Resta qui» mi ordinò, girandosi per affrontare gli stronzi da cui mi aveva appena liberata.

Se pensava che avrei obbedito, si sbagliava di grosso.

Marciai lungo il salone, ignorando le grida di Ryan e Carmen, dirigendomi il più velocemente possibile lungo le scale che mi avrebbero condotta all'uscita.

Fanculo lui.

Fanculo Dash.

Fanculo Charlie.

Fanculo Ryan.

Fanculo Carmen.

Fanculo la Darlington Academy.

Fanculo tutta quella maledetta città!

Giugno non sarebbe mai arrivato abbastanza in fretta.

Attraversai la porta d'ingresso, mi tolsi le scarpe con i tacchi a spillo perché mi stavano rallentando e percorsi il vialetto di ciottoli a piedi nudi. Faceva male, ma ero insensibile al dolore. Lo ero da anni.

Sopravvivere alla morte dei miei genitori e al trattamento della "famiglia" che avrebbe dovuto prendersi cura di me mi aveva assicurato una tempra d'acciaio. Potevo sopportare un po' di sangue e di tagli.

«Isabella!» gridò Tray dietro di me, facendomi correre un brivido lungo la schiena. Ma, a differenza dei brividi suscitati da Charlie e Dash, mi scaldò il petto.

Una sensazione che odiavo ancora di più.

Perché il mio corpo reagiva in quel modo? Okay, Tray era bello. Ma anche gli altri due stronzi lo erano, eppure loro non mi facevano sentire così.

Scacciai tutti quei pensieri dalla mente e intimai ai miei piedi di muoversi più in fretta, ma la gonna dell'abito continuava ad attorcigliarsi attorno alle mie gambe, rallentandomi. Se mi fossi messa a correre, sarei sicuramente inciampata, e allora...

Due braccia forti mi circondarono, sollevandomi in aria.

Gridai, ma c'erano soltanto alberi e limousine a farmi da testimoni.

Forse un autista sarebbe venuto ad aiutarmi. Giusto?

Oh, no. Dimenticavo. Vivevo a Darlington, dove i dipendenti erano pagati per essere discreti e guardare dall'altra parte.

Urlai di nuovo, frustrata. La mia rabbia nei confronti del destino stava raggiungendo l'apice. «Perché?!» gridai a nessuno in particolare. Seguirono una serie di parolacce.

Tray non disse nulla.

O forse non riuscivo a sentirlo a causa delle mie stesse urla.

Non stavo nemmeno chiedendo aiuto. Inveivo contro il cielo per la sua crudeltà.

Otto. Fottuti. Mesi.

Dovevo sopravvivere altri otto fottuti mesi. E non sapevo se ci sarei riuscita senza uccidere qualcuno.

«Con quello posso aiutarti». Le parole provenivano da Tray, che fulminai con lo sguardo.

«Aiutarmi con cosa?» domandai.

«A ucciderli tutti. Se è quello che vuoi».

Sbuffai. «Sì, certo. Perché sei qui?». Cercai di divincolarmi, ma senza riuscirci.

«Non scapperai di nuovo da me, Isabella».

Alzai gli occhi al cielo. «Giusto». Tentai di nuovo di fuggire, ma lui mi fece voltare tra le sue braccia. Nei suoi occhi scuri lampeggiarono delle braci ardenti, un effetto visivo che mi lasciò senza fiato.

Perché non era normale.

Degli occhi non... non potevano *fiammeggiare*.

Ma ora un fuoco danzava nelle sue iridi, illuminando i suoi lineamenti e donando un fascino ultraterreno al suo bel viso.

È fumo quello che gli si sta alzando intorno?

Sbattei le palpebre, cercando di scacciare i filamenti neri che si diramavano dal suo abito. Ma più li fissavo, più diventavano nitidi.

«Non era così che avevo intenzione di accompagnarti nella scoperta di ciò che è tuo per diritto di nascita. Ma quello che è successo stasera mi ha dimostrato che sarebbe stato impossibile. La tua fiducia negli altri ti è stata strappata con prepotenza». Allentò la presa, ma non abbastanza da permettermi di fuggire. Non che avessi potuto farlo, comunque. Non dopo quella dichiarazione.

Ignorai la questione sulla fiducia e mi concentrai sulla parte che mi imponeva di restare lì con lui. «Di cosa stai parlando? Quale diritto di nascita?».

«Quello conferito dalla stirpe di tua madre» rispose, lasciandomi andare, mentre una limousine si fermò accanto a noi. «Sali e ti spiegherò tutto».

«Sì, come no. Me lo spiegherai qui. Adesso».

Sul suo viso comparve un'espressione infastidita. «Comincio davvero a pentirmi di come ho affrontato la situazione. Se avessi saputo chi ero fin dall'inizio, non oseresti mai mettere in discussione i miei ordini».

«Sono sicura che lo farei lo stesso». Incrociai le braccia sul petto. «Inizia a parlare».

Ma lui aprì la portiera dell'auto e mi guardò, con vortice ipnotico di nero e arancione che gli turbinava negli occhi. «Avvicinati, Isabella» mormorò. Le parole sembrarono avvolgersi intorno a me, spingendo il mio spirito a obbedire.

Che... strano...

Strillai quando i miei piedi iniziarono a muoversi; la mia mente si stava ribellando, a differenza del mio corpo.

«Brava» disse dolcemente. «Ora sali sull'auto e smettila di gridare. Ho un brutto mal di testa».

Aprii la bocca per protestare, ma tutto ciò che mi circondava fu avvolto dalla nebbia.

È un sogno?, mi domandai, pizzicandomi una coscia. *Che Charlie o Dash mi abbiano fatta svenire?*

Perché non poteva succedere davvero.

Era impossibile che fossi salita sull'auto senza ribellarmi. Eppure *sentivo* il sedile di pelle sotto di me, *sentivo* il calore di Tray, quando prese posto accanto a me. E udii la portiera chiudersi con un tonfo.

Com'è possibile? Sbattei le palpebre, cercando di schiarirmi la mente, di liberarla dalla nebbia. Ma la mia testa vacillò, ebbi l'impressione che il sonno stesse prendendo il sopravvento.

«Cosa mi stai facendo?» sussurrai, lottando contro la coltre che mi soffocava i pensieri. *Che mi abbia drogata?* No, impossibile. Non avevo bevuto nulla.

«Rilassati, Isabella».

Ella, lo corressi.

«Presto capirai». Tolse le forcine e mi pettinò i capelli con le dita, disfacendo l'acconciatura. «Non ti farò del male».

Parte della nebbia si dissolse, permettendomi di mettere a fuoco l'interno della limousine. E l'esterno. Una fila di alberi si snodava fuori dal finestrino, eravamo ormai lontani dal palazzo dove si era tenuto il ballo.

Un attimo...

Osservai con più attenzione ciò che c'era al di là del vetro, notando dell'edera intrecciarsi sul terreno.

Non potevamo essere *così* lontani dal palazzo. Ma non riuscii a riconoscere nulla del paesaggio.

«Dove siamo?» chiesi, contenta di sentire che la mia voce suonava abbastanza normale.

«Stiamo andando a casa mia» rispose. «La mia *vera* casa».

«Mi stai portando a casa tua?». Mi venne quasi da ridere. «Wow. No. Mi rifiuto».

«Troppo tardi, Isabella». Mi tolse anche l'ultima forcina, lasciandola cadere nel portabicchiere dell'auto.

«*Ella*» sbottai. «Solo i miei genitori possono chiamarmi Isabella, e sono morti».

Tray sussultò, evidentemente non si aspettava il veleno di cui era intriso il mio tono.

Che faccia tosta.

«Portami a casa, *Trayton*».

«È quello che sto facendo» rispose. «Beh, più o meno».

«Hai appena detto che stiamo andando da te».

Si rilassò sul sedile, apparendo fin troppo regale nel suo abito elegante. «Volevi sapere chi sono, e sto per mostrartelo».

Aprii la bocca per ribattere, quando uno strano lampo di luce attirò la mia attenzione, distraendomi dal mio proposito. *Una luna*, mi resi conto, fissando il cielo notturno. *No, non una*. Due *lune*.

«Cosa...?». Rimasi a bocca aperta davanti alla miriade di stelle che brillava tra i due globi dorati. «Non è possibile».

E lo stesso valeva per tutta quell'edera.

Sembrava che si muovesse, ricordandomi dei serpenti verdi che strisciavano su e giù per i rami.

Dei puntini rossi ricambiarono il mio sguardo, osservando la limousine che percorreva quella strada infinita.

Non c'erano altre auto.

Né case.

Solo una foresta immensa e un incredibile cielo notturno.

Ricominciai a pensare che si trattasse di un sogno.

«È reale, Ella». Tray cercò la mia mano e la strinse prima che la strappassi dalla sua presa.

«Inizia a parlare» gli ordinai, rabbrividendo. «Adesso, Tray. Dico sul serio. Devi dirmi cosa cazzo sta succedendo».

TRAY

Beh, la serata è stata un disastro, pensai, passandomi una mano tra i capelli e sospirando.

Avevo sottovalutato la cattiveria degli umani della Darlington Academy. In particolare, quella di Ryan.

Con la sua invidia, era quasi riuscita a rovinare i miei piani. Quando mi ero accorto che stava per strappare l'abito di Ella, avevo reagito nell'unico modo possibile: riportando l'attenzione di Ryan su di me. Ma Charlie e Dash avevano approfittato della situazione, molestando Ella.

Non avevo dubbi che quella sera, se avessero potuto, si sarebbero spinti più in là del solito. Tutto perché le avevo regalato un bel vestito e le avevo dato lo spazio per brillare, convinto che sarebbe stata una gioiosa punizione nei confronti dei suoi compagni di classe.

Solo che mi si era ritorto tutto contro.

Quegli imbecilli erano stati cresciuti senza principi morali, e le mie azioni non avevano fatto altro che dipingerle addosso un bersaglio ancora più grosso, spingendo quei bastardi a uscire allo scoperto.

Prima, nel parcheggio, dicevo sul serio: se avesse voluto ucciderli, l'avrei aiutata molto volentieri.

E lo stesso valeva per quelle stronze delle sue sorellastre.

Merda. Avrei dovuto sapere che Ryan non avrebbe rispettato i nostri accordi, scegliendo di fare di testa sua e sfruttando l'occasione per umiliare la sorellastra. Alla fine, avevo spinto via Ella, dando a tutti l'impressione di preferire Ryan.

Avrei voluto prendere a pugni il finestrino, furioso per la stupidità delle emozioni umane. Ma vicino a me c'era una ragazza tremante che si era appena resa conto che non eravamo più nel suo mondo.

E quello era un problema completamente diverso da risolvere. Non solo l'avevo soggiogata con la magia, obbligandola a seguire i miei ordini, ma l'avevo anche portata nel mondo dei Fae di Mezzanotte senza il suo permesso.

Aveva tutto il diritto di odiarmi, e non avevo dubbi che entro la fine della serata lo avrebbe fatto.

«*Tray*» disse, con un tono che mi causò una fitta al cuore. Isabella Cinder era una ragazza incredibilmente forte e tenace, e ammiravo il suo coraggio più di quanto potesse immaginare. Ma la serata l'aveva segnata, e ora non avrei migliorato la situazione.

Anzi, l'avrei peggiorata.

Incontrai il suo sguardo con un sospiro rassegnato. «Ci siamo incontrati in un vicolo, diversi anni fa. Eri bagnata fradicia e congelata e mi sei venuta addosso. Avevi un vestito azzurro e delle scarpe da ballo dello stesso colore». Un colore non molto diverso da quello dell'abito che indossava ora, probabilmente era il suo preferito.

Mi abbassai per raccogliere le scarpe argentate che si era tolta andandosene dal ballo e gliele porsi. «Hai la tendenza a perdere le scarpe, Isabella Cinder».

Impallidì. «Eri davvero tu, quella sera?».

Annuii.

«E me lo dici solo adesso?». Mi strappò le scarpe dalle mani e le lasciò cadere di nuovo sul pavimento, senza troppe cerimonie. «No, non importa. Voglio sapere dove siamo e perché l'edera continua a muoversi».

«Non è edera. Sono liane magiche che proteggono il nostro territorio dagli intrusi». Guardai gli alberi alle sue spalle. «Gli umani le paragonerebbero ai serpenti, ma la nostra versione è molto più pericolosa. Non si limitano a mordere e stritolare; incantano e prosciugano tutte le energie. Davvero terrificanti, se sei un ospite indesiderato».

Chiuse gli occhi, li aprì, poi li chiuse e li aprì di nuovo. «Cosa?».

«Mi hai fatto una domanda e io ti ho risposto». Alzai le spalle. «Stai per vedere molte cose incredibili, Ella». Schioccai le dita, facendo comparire una lingua di fuoco, che poi lanciai in aria. Un trucchetto da nulla, per un Fae Oscuro della mia età, ma fece comunque sussultare la mia compagna di viaggio.

«Come... come hai fatto?».

«Magia, tesoro». Agitai la mano e mormorai un incantesimo. Sul mio palmo comparve una rosa nera. *Appropriato, considerando il nostro appuntamento*, pensai.

Gliela porsi e lei indietreggiò sul sedile con gli occhi spalancati. «Ma che cazzo...?».

«Sono un Fae, Ella. Beh, formalmente, un Fae di Mezzanotte, a causa del mio retaggio oscuro. E nelle mie vene scorre sangue reale. Anche nelle tue, ma apparteniamo a famiglie diverse». Ed era un bene, perché altrimenti l'attrazione che provavo nei suoi confronti sarebbe stata un problema.

Sbatté di nuovo le palpebre, più e più volte, e la sua bocca si aprì e si chiuse senza che ne uscisse alcun suono.

Ma l'incredulità traspariva dalla sua espressione, senza che avesse bisogno di dire nulla. Ed era il motivo per cui l'avevo portata lì. Non mi avrebbe mai creduto, se non lo avesse visto di persona.

Approfittai del suo silenzio e proseguii con la mia spiegazione. «Tua madre era una Fae, ma si è innamorata di un umano, tuo padre. Non è comune tra i membri della nostra specie, in particolare tra i reali, ma era già successo in passato. Voglio dire, i Fae di Mezzanotte interagiscono con i mortali per soddisfare la sete di sangue. È ciò che ci distingue dagli altri Fae. Beh, quello e la nostra inclinazione per le arti oscure, la necromanzia e altre...».

«Un attimo» disse, alzando la mano. «Sete di sangue?».

Sorrisi. «Tra tutte le cose che ti ho detto, hai scelto di soffermarti proprio su questa?». Tipico. «Sì, beviamo sangue umano. E prima che tu perda la testa, non capita spesso. Solo quanto basta per tenere vivi i nostri poteri oscuri. È per questo che conosco Darlington e i sobborghi. È il mio terreno di caccia preferito». La guardai. «La notte in cui ci siamo incontrati, eri il mio bersaglio». Ma ero rimasto talmente sorpreso dalla sua natura di Halfling che mi ero bloccato.

Aveva gli occhi così spalancati che sembrava le stessero uscendo dalle orbite. «*Sei un vampiro?*».

Sbuffai. «No. Mi hai visto mangiare, Ella. Mi hai visto alla luce del sole. Ah, e i vampiri non esistono. Sono un mito creato dagli umani, probabilmente a causa di qualche stupido Fae di Mezzanotte incapace di soggiogare correttamente le sue prede».

«Soggiogare?» ripeté, e un lampo di comprensione le illuminò i lineamenti. «È quello che mi hai fatto stasera».

«Sì, esatto» ammisi, passandomi le dita tra i capelli. «Non è granché come scusa, ma altrimenti non saresti mai salita sull'auto». Mi ero reso conto che si sarebbe ribellata con tutte le sue forze, e non ero dell'umore di persuaderla con il mio fascino. Ero esausto, grazie a Ryan e ai suoi giochetti del cazzo.

«Anche mentre ballavamo» aggiunse.

Inarcai le sopracciglia. «Di cosa stai parlando?».

«Mi hai *soggiogata* anche mentre ballavamo».

Mi ci volle qualche istante per capire a cosa si stesse riferendo. La seduzione e il bacio. Un guizzo di divertimento mi strappò un sorrisetto. «Oh, no, tesoro. Quello era reale».

«Mi hai costretta a baciarti».

«Ti assicuro che non è così». Mi sporsi verso di lei, che si era rifugiata a ridosso della portiera. «Non ho mai costretto una donna a toccarmi, Ella. Non ce n'è mai stato bisogno, e non mi piacerebbe comunque. Tra l'altro, i preliminari sono parte del divertimento. Perché dovrei svilire qualcosa di così bello e divertente?». Non ero come Dash e Charlie. Quando desideravo una donna, mi impegnavo per ottenere la sua attenzione. E quella sera non era stato diverso.

«Ti aspetti che ti creda?».

«No» risposi senza esitazioni. «Anzi, ero sicuro che *non* mi avresti creduto. Per questo ti ho portata qui».

«Sto parlando dell'avermi soggiogata, Trayton».

Riflettei per un attimo su come rispondere. «Se pensare che stia mentendo ti fa stare meglio, va bene, te lo permetto». Perché avevo la coscienza a posto. «Sotto sotto, però, conosci già la verità, Ella. Puoi paragonare come ti sei sentita quando ci siamo baciati a come ti sei sentita salendo in macchina».

Si accigliò e guardò fuori dal finestrino, per poi rabbrividire e rivolgere lo sguardo davanti a sé. Perché le liane si stavano agitando sempre di più. Avevano percepito il suo malumore e probabilmente anche i suoi pensieri vendicativi nei miei confronti. In quanto reale di quei luoghi, l'incantesimo avrebbe fatto ciò che era necessario per proteggermi da qualsiasi minaccia.

Era interessante che considerasse Ella una minaccia, visto che non aveva ancora accesso ai suoi poteri. Un aspetto che era già una stranezza di per sé. I Fae di Mezzanotte nascevano con i loro doni. Gli Halfling li acquisivano con il tempo, ma Ella avrebbe già dovuto scoprire il suo potenziale entro il suo diciottesimo compleanno, un evento già passato.

«Tua madre era potente» dissi, riflettendo ad alta voce. «E molto conosciuta». Era possibile che avesse incantato sua figlia, ma non avevo rilevato neanche un accenno di magia oscura in Ella. A dirla tutta, non avevo colto alcuna traccia di potere in lei. Solo una forte determinazione, e un coraggio che avrebbe fatto sfigurare la maggior parte dei Fae.

«Mia madre...» sussurrò, abbassando lo sguardo sulle sue mani. «La conoscevi?».

«Io no, ma i miei genitori sì. Erano cresciuti insieme nel circolo reale e avevano frequentato l'Accademia dei Fae di Mezzanotte più o meno nello stesso periodo».

«L'Accademia dei Fae di Mezzanotte?» ripeté.

Annuii. «È dove vanno i membri della nostra specie per perfezionare l'accesso alle arti oscure. I voti e le conoscenze acquisite determinano poi il nostro posto in società. Un po' come i college umani, ma per Fae di Mezzanotte».

«Allora perché sei a Darlington?» domandò.

«Perché sono stato incaricato di avvicinarmi a te per spiegarti come stanno davvero le cose, Ella».

E poi, sei la mia compagna predestinata, aggiunsi mentalmente. *Benvenuta in famiglia*.

Ma di quello avremmo discusso più tardi.

Dopo che aveva compreso tutto il resto.

«Tu sei in parte Fae di Mezzanotte» continuai. «Il Consiglio si aspetta che l'anno prossimo frequenti l'Accademia». E non avrebbero accettato una risposta negativa. Un altro aspetto che le avrei illustrato in seguito. Dopo averle dato qualche delucidazione sui Fae di Mezzanotte.

La limousine rallentò man mano che ci avvicinavamo ai cancelli della tenuta. I gargoyle di pietra sorvegliavano le mura, osservando tutto con sguardo attento, proprio come facevano le liane.

Ella li fissò a bocca aperta. Le venne la pelle d'oca. «Si muovono» mormorò.

«Sì, sono gargoyle». *Veri* gargoyle, non le decorazioni usate dagli umani.

«Volano?».

«Solo se devono attaccare qualcuno». Cosa che non succedeva mai. Solo un pazzo si sarebbe avvicinato al palazzo con intenzioni malvagie. Mio padre era il Re dei Fae di Mezzanotte. Prendeva molto sul serio la sua sicurezza.

Dopo aver attraversato i cancelli, proseguimmo lungo un altro vialetto tortuoso. Ella era completamente assorbita dal paesaggio.

Laghi di acqua nera che riflettevano la luce.

Acri di pietre e alberi intrecciati.

«È una fenice?» chiese con un sussulto, osservando un uccello infuocato in lontananza.

«Un qualcosa di simile» risposi. «Non è grande come quelle delle leggende umane. Gli uccelli di fuoco raggiungono le dimensioni di un'aquila del vostro reame».

«Okay». Rabbrividì visibilmente. «Questo...».

«È tutto reale» terminai per lei.

«Okay» ripeté di nuovo, poi la sua attenzione fu catturata da schizzi di acqua scintillanti che danzavano sul lago. «Fate?».

Grugnii. «Sono più che altro dei moscerini, solo che sono più grossi e pungono. Ti sconsiglio di toccarli». Purtroppo, si trattava di un'infestazione che non poteva essere debellata nemmeno con la magia.

«E tu sei un Fae» disse lentamente.

«Anche tu» replicai.

Esaminò la mia testa, aggrottando le sopracciglia. «Le tue orecchie sono rotonde».

«Anche le tue, Ella».

«Pensavo che i Fae avessero le orecchie a punta».

«Alcuni sì» confermai. «Ma i Fae di Mezzanotte no».

«Quindi ce ne sono altri tipi?».

Annuii. «Sì, ce ne sono molti. Questo è solo un reame tra i tanti».

«Oh». Si rimise a fissare fuori dal finestrino. Aveva una postura rigida. «E tutti bevono sangue?».

«Solo i Fae di Mezzanotte, a causa dei nostri poteri oscuri».

«Perché?» insistette. «Perché solo i Fae di Mezzanotte?».

«Perché ci consente di accedere alle arti oscure» spiegai con tono paziente. Aveva molto da assimilare, quindi sapevo che sarebbe stato necessario ripetermi. «Alcuni lo vedono come una punizione morale per saziare il lato più violento della nostra esistenza. Altri, invece, lo accolgono come un nutrimento, necessario ad alimentare le nostre riserve di energia».

«E tu come lo vedi?». Mi lanciò un'occhiata. «E quanto spesso... sì, insomma, quanto spesso lo fai?».

«È una parte naturale della nostra esistenza, l'ho accettato molto tempo fa. Mi nutro circa una volta al mese. Non lo faccio spesso e non ne bevo molto. E prima che tu lo chieda, no, non uccidiamo gli umani. Prendiamo solo in prestito un po' della loro energia vitale di tanto in tanto. Alla maggior parte piace». Lo scambio di sangue tendeva ad accentuare le sensazioni, rendendo l'esperienza molto eccitante. Prima o poi glielo avrei dovuto spiegare. O forse glielo avrei mostrato, se me lo avesse permesso.

«Capisco». Si morse il labbro. «Io non bevo sangue».

«Perché sei una Halfling che non ha accesso ai suoi poteri». E poteva essere quello il motivo per cui non aveva ancora mostrato alcun segno dei suoi doni. Forse era proprio perché non aveva mai bevuto sangue. Più tardi avrei chiesto l'opinione di mio padre al riguardo, o magari di mio fratello Kols.

Ella si irrigidì nel momento in cui il palazzo dei Nacht apparve alla vista. Le luci si stagliavano nell'oscurità della notte, illuminando le colonne imponenti e l'esterno in granito.

«Sembra un palazzo gotico» commentò, palesemente colpita.

Ridacchiai. «Solo esternamente». L'interno, per merito di mia madre, era decorato in modo moderno ed elegante. «Vedrai molto argento e oro». Erano i colori della nostra famiglia, sul cui stemma c'era anche un accenno di nero. «E probabilmente anche molta magia» aggiunsi con una smorfia.

«Perché siamo in un mondo di Fae» disse.

«Sì, siamo nel regno dei Fae di Mezzanotte».

Annuì, scosse la testa e poi annuì di nuovo. «Okay».

«Hai tutto il diritto di essere turbata, Ella».

«Già». Un altro strano miscuglio di cenni d'assenso e scuotimento di capo. «Già».

«Ella».

«Sto bene» disse rapidamente. «Davvero. Cioè, non sto bene per nulla. Ma anche sì».

«Molto coerente» commentai.

Mi fulminò con lo sguardo. «Mi hai appena rapita e trascinata in un regno di Fae, e mi prendi anche in giro? Seriamente?».

Alzai le mani in segno di resa, adorando al tempo stesso la grinta che la contraddistingueva. «Hai ragione. Sto solo dicendo che ti è concesso di dare di matto. Lo capisco».

«A cosa servirebbe?» ribatté, incrociando le braccia sul petto. «Oltre che a ridurmi alla tua mercé ancora più di quanto non lo sia già?!».

«Hai ragione anche su questo» concordai. «Se ti consola, non ho nessuna intenzione di tenerti qui. Siamo in visita solo per una notte, per dimostrarti che dico la verità. Poi domani torniamo a Darlington».

«Cosa?». Mi fissò a bocca aperta. «Quindi, aspetta, mi... mi hai portata qui solo per... solo per dimostrarmi che è tutto vero?».

«Sì. Mi sono reso conto che tutto quello che ti ho detto stasera non sarebbe bastato a convincerti che non voglio farti del male. Allora ho pensato che sarebbe stato meglio rivelare tutto. Così possiamo procedere. O almeno spero».

«Procedere... e fare cosa?» domandò. «Tornare a scuola?».

«Sì. Solo che questa volta avrai la consapevolezza che voglio davvero aiutarti a rimettere quegli stronzi al loro posto».

Perché dovevano pagare per i loro peccati, e non volevo essere io a punirli al posto di Ella. Doveva farlo lei stessa, altrimenti non sarebbe mai riuscita a lasciarsi tutto alle spalle.

«E forse ora sarai un po' più accondiscendente» aggiunsi, arrabbiato più con me stesso che con lei.

«Più accondiscendente» ripeté. «Perché ti importa così tanto? Voglio dire, capisco che ti abbiano assegnato un compito da portare a termine. Ma *i Fae esistono davvero*. Sei come un vampiro. Perché dovresti iscriverti volontariamente in una scuola umana e giocare con un branco di ragazzini viziati?».

Perché quei ragazzini viziati hanno ferito la mia compagna predestinata, e voglio fargliela pagare, pensai.

Ma non potevo dirglielo. Non senza spaventarla ancora di più.

Così optai per un altro motivo, importante quasi quanto il primo. E altrettanto vero.

«Perché qualcosa impedisce ai tuoi poteri di emergere, e sospetto che sia legato alla corazza emotiva che hai creato per sopravvivere a tutti questi anni di abusi». La guardai negli occhi. «Se fossi intervenuto quando ci siamo conosciuti, forse le cose sarebbero andate diversamente. Ma ho aspettato che tu compissi diciotto anni, come raccomandato dal Consiglio, e in mia assenza hai sopportato le pene dell'inferno. Ho fallito come tuo protettore. E non mi darò pace finché non avrò sistemato tutto».

Ella

Okay, era un buon motivo. Talmente buono che non seppi come rispondere.

E fu per questo che tenni la bocca chiusa finché non parcheggiammo all'esterno del palazzo che Tray chiamava casa.

Un Fae. Un vero Fae.

Aveva ragione.

Se non avessi visto tutte quelle cose, non gli avrei mai creduto. Anche in quel momento, una parte di me si aggrappava disperatamente alla speranza che fosse tutto un sogno. Ma l'istinto mi confermava che non lo era, e che gli uccelli di fuoco in lontananza erano molto reali.

«C'è un'altra cosa che dovrei dirti» mormorò Tray, lanciando un'occhiata fuori dal finestrino all'uomo che si stava avvicinando. Indossava un abito da sera che rivaleggiava con quello di Tray.

«Solo una?» replicai, ma il mio tono era privo del vigore che desideravo. Perché non ero ancora riuscita a rendermi davvero conto di ciò che ci circondava. O di quegli inquietanti gargoyle.

«Beh, molte altre cose» ammise. «Ma devo avvertirti: mio padre è il Re dei Fae di Mezzanotte».

La portiera si aprì prima che avessi la possibilità di elaborare le sue parole.

«Mio signore» salutò l'uomo con un inchino. «È un piacere avervi a casa».

«È solo una cosa temporanea, Clive» rispose Tray. «Sto facendo fare un giro a Ella».

«Ma certo, mio signore». L'uomo, agghindato come un pinguino, fece un paio di passi indietro, invitandoci a scendere dall'auto con un gesto della mano. Sembrava abbastanza normale. Ma anche Tray, eppure beveva sangue umano.

Rabbrividii al pensiero.

Vampiri.

Magia nera.

Liane come serpenti.

Gargoyle.

E poi cosa sarebbe spuntato? Cerbero?

«Ella» mormorò Tray, sfiorandomi il braccio con una carezza delicata che avrebbe dovuto raggelarmi, e invece ebbe l'effetto opposto.

Lo avevo accusato di aver usato la magia sulla pista da ballo, ma sapevamo entrambi che era una bugia. Il mio corpo reagiva alla vicinanza del suo come se fossimo destinati a stare insieme. Un pensiero terrificante, considerato tutto quello che avevo scoperto quella sera.

O forse no. Dopotutto, ero per metà Fae, almeno stando a quello che aveva detto Tray. E questo sollevava una miriade di domande.

Dubitavo che avrebbe risposto a tutte.

E probabilmente era un bene, perché per il momento non sarei riuscita ad affrontare altre scoperte.

Mi infilai di nuovo le scarpe e scesi dall'auto, osservando l'enorme facciata di marmo nero. *Ciao, Dracula, sono Ella. Piacere di conoscerti. Non mangiarmi, per favore.*

Tray uscì silenziosamente dietro di me. Me ne accorsi soltanto grazie al calore del suo corpo. Posò il palmo sulla mia schiena con un tocco esitante. Avrei dovuto spingerlo via, ma evitai di farlo. Non avrebbe fatto altro che peggiorare la situazione.

Clive sparì dietro l'imponente portone della villa, lasciandolo socchiuso, in un chiaro invito a seguirlo. O forse si era appostato all'interno, in attesa che ci avvicinassimo, per spalancarlo con un gesto teatrale.

Aggrottai la fronte. *Chi è che accoglie gli ospiti a quest'ora? E perché tutte le luci sono accese?* Doveva essere passata da un po' la mezzanotte. Ma la casa era illuminata a giorno.

«E adesso?» domandai.

«Adesso ti presento i miei genitori e Kols, mio fratello, se c'è anche lui». Tray mi diede una piccola spinta, invitandomi a camminare.

«I tuoi genitori» ripetei. «Che sono... ehm... reali?!». *Oh, a proposito, mio padre è il Re dei Fae di Mezzanotte. E i vampiri esistono davvero. Benvenuta, Ella!* Per poco non scoppiai a ridere. Che pensieri ridicoli. Eppure, eccoci lì, a risalire il vialetto che portava al palazzo del conte Dracula.

Fantastico.

«Sì, come te» rispose. «Come ti ho detto, anche tua madre apparteneva alla stirpe reale, seppure a una famiglia diversa».

Smisi di camminare. «Significa che siamo cugini?». Sarebbe stato un grosso problema.

Tray sbuffò. «No. Assolutamente no. Immagina le famiglie reali come quelle che dominano Darlington. Non hanno necessariamente dei legami di parentela, ma frequentano gli stessi ambienti. Anche nel nostro mondo è così, solo che il nostro ruolo in società è determinato dal potere che ci scorre nelle vene, non dal conto in banca».

«E pensi che anch'io abbia dei poteri magici». Ne aveva parlato in macchina, dicendo che pensava che li stessi bloccando a causa della mia "corazza emotiva".

«*So* che li hai, Ella». Si mise davanti a me e mi strinse i fianchi. «La famiglia di tua madre è notoriamente potente. Anche se la sua uscita dal nostro mondo non è stata esattamente apprezzata, ha comunque mantenuto il suo accesso alle arti oscure. E questo dono sarebbe dovuto passare a te».

«Cosa intendi con "la sua uscita dal nostro mondo non è stata esattamente apprezzata"?».

Un accenno di disagio gli incupì lo sguardo. «Il futuro di chi appartiene a una famiglia reale tende a essere già scritto. Tua madre ha scelto di non seguire la strada tracciata dal Consiglio, e questo ha creato delle tensioni».

«Pensavo avessi detto che le relazioni con gli umani avvengono a causa di quella faccenda del bere sangue».

«È vero, ma questo non significa che la nostra specie le rispetti. Ed è molto raro che un membro di una famiglia reale rifiuti un matrimonio combinato per sposare un mortale. Tua madre è stata fortunata, perché la posizione di suo padre prevaleva su quella dell'altra famiglia, altrimenti sarebbe stata costretta a tornare».

Tutta la frase trasudava di politica. Ciò che avevo capito era che mia madre proveniva da una famiglia influente che l'aveva aiutata a infrangere le regole per sposare mio padre. Visto che tutto ciò aveva portato alla mia nascita, non potevo commentare negativamente quello che era accaduto.

Ma al tempo stesso non lo comprendevo appieno.

Tray mi posò la mano sulla guancia e mi inclinò la testa all'indietro, costringendomi a guardarlo negli occhi. «Ci sono molte cose che devo ancora spiegarti, Ella. Ma non voglio travolgerti con troppe informazioni».

«Troppo tardi» mormorai.

Sorrise. «Beh, non mi hai lasciato altra scelta. Stavi per scappare via, senza più guardarti indietro».

«Non è che stessi *per* scappare, lo stavo proprio facendo».

«Ma ti ho presa».

«E rapita e trascinata in un mondo incantato» terminai

per lui. «Non penso che questo ti faccia guadagnare punti, Nacht».

«Lo so» mormorò. «Mi sono lanciato in questo gioco in modo del tutto sbagliato».

«*Quello* è stato il tuo primo errore» dissi. «Considerare la mia vita un gioco non ti rende migliore degli altri».

«Non considero la tua vita un gioco». Il suo sguardo ardeva con un'intensità che mi fece saltare un battito. «Il gioco è stato creato da quei maledetti umani della Darlington Academy. Nonostante tutta la mia attenta pianificazione, ho sbagliato strategia. Ero convinto che diventando loro amico, avrei potuto sfruttarli come le pedine che sono. Ma Ryan mi ha fregato. E me la pagherà».

«Non...». Deglutii. «Non so cosa dire». La sua sincerità mi aveva spiazzata. Non avrei potuto ribattere in alcun modo. Così scelsi di fargli una domanda. «Qual era il tuo obiettivo?».

«Vedere te che li distruggi» rispose senza esitazioni.

«Come?».

«Strappando il trono a quelle idiote delle tue sorellastre e mettendo in ginocchio i reali di Darlington». Mi accarezzò lo zigomo con il pollice. «Mi piacerebbe così tanto vederti radere al suolo la scuola».

Le braci che gli illuminavano le iridi di ossidiana mi rivelarono che lo intendeva in senso letterale, non figurato. «Vuoi davvero vendicarmi».

«Più di quanto immagini» ammise. «Quello che ti hanno fatto è malato e perverso, e il fatto che quegli adulti che chiami insegnanti non facciano nulla per fermarli peggiora solo le cose. Per non parlare di quella stronza della tua matrigna». Rabbrividì visibilmente. «Se me lo avessero permesso, ti avrei portata qui molto prima. Purtroppo, fino a poco tempo fa appartenevi al mondo degli umani».

«E ora?» gli domandai, sconcertata dall'ultima affermazione.

«Ora appartieni al nostro mondo, ma il Consiglio ha accettato di farti finire l'anno scolastico a Darlington».

Schiusi le labbra, ma le parole mi morirono in gola. *Appartengo a questo posto? Con i serpenti-liane e gli uccelli di fuoco e i gargoyle? Certo, come no. Non se ne parla. Assolutamente no. Non...*

«Trayton?» chiamò dalla soglia una voce femminile.

Sbirciai alle sue spalle e vidi una donna dalla postura elegante che attendeva in cima alle scale. Indossava un abito verde smeraldo. I suoi occhi neri incontrarono i miei, e una punta di disgusto tinse i suoi lineamenti cesellati.

Tray si girò con un sorriso. «Ciao, mamma».

Mamma?, pensai, spalancando gli occhi. Non sembrava avere più di venticinque anni. La sua pelle di porcellana era priva dei segni del tempo.

Tray le si avvicinò e la abbracciò, per poi darle un bacio sulla guancia. «Scusami se siamo arrivati senza preavviso. Volevo che Ella vedesse la nostra casa». Si mise al suo fianco e sorrise. «Ella, questa è mia madre, Reba Nacht. Mamma, ti presento Isabella Cinder».

«Cinder?» ripeté la madre, inarcando un sopracciglio. «Intendi Isabella Zorya?».

Tray sospirò. «Non siamo ancora arrivati a quella parte della storia della sua famiglia».

«È il nome da nubile di mia madre» dissi, aggrottando la fronte.

«Ed è anche il tuo vero nome» mi informò Reba. Poi si voltò. «Vieni dentro, Trayton. È scortese far aspettare il resto della famiglia».

E con quell'invito soave, sparì all'interno della villa.

«Tua madre mi adora» commentai in tono piatto.

Un lampo di divertimento guizzò sul viso di Tray,

dandogli un'aria quasi infantile. «Ha difficoltà ad accettare alcune mie scelte, ma si ricrederà».

«Scelte? Come quella di iscriversi alla Darlington Academy, nonostante tu non abbia bisogno del diploma?».

«Sì, cose così». Mi porse il braccio. «Su, Ella, andiamo. Ti prometto che i miei genitori non mordono».

«E tu?» ribattei, incrociando le braccia sul petto. «Mi morderai?».

Si avvicinò e mi avvolse un braccio intorno alla vita prima che potessi allontanarmi. «Farò molto di più, tesoro». Mi mordicchiò il labbro inferiore, lasciandomi rovente e tremante.

Come fa?!, pensai, arrabbiata con il mio corpo e le sue stupide reazioni. *È un vampiro, cazzo!*

Eppure, mi ero abbandonata tra le sue braccia come una damigella in pericolo.

«Perché hai questo effetto su di me?» domandai senza fiato.

«Potrei chiederti la stessa cosa» rispose con un sorriso. «Ti dispiacerebbe venire dentro con me? Non posso spiegarti tutto stasera, ma almeno avrai un'idea delle mie vere origini. Poi parleremo di quello che verrà dopo».

Quello che verrà dopo, ripetei tra me e me. Me ne sarei andata, ecco quello che sarebbe venuto dopo.

E poi? Sarei tornata a Darlington?

Come se quello fosse stato un luogo piacevole.

Negli ultimi anni mi ero concentrata sul diploma per poter fuggire. Per andarmene il più lontano possibile da Darlington.

Cosa c'era di più lontano di un regno di Fae?

Tray mi massaggiò la fronte, cancellando le rughe che vi erano apparse. «Smettila di accigliarti».

«Mi acciglio quanto voglio». Era una situazione a dir poco bizzarra. Mi aveva portata in un luogo dove avrei potuto effettivamente rifugiarmi. Un luogo in cui non avrei dovuto preoccuparmi delle mie sorellastre o di Clarissa. Una nuova vita. Un mondo pieno di possibilità che non avrei mai nemmeno immaginato. «Cosa succede all'Accademia dei Fae di Mezzanotte?». Non era così che l'aveva chiamata? Quella specie di scuola frequentata dai membri della sua specie.

«Perfezioniamo il nostro accesso alle arti oscure».

«Okay, ma cosa significa?». Mi venne in mente l'immagine di un mago che agitava la bacchetta.

«Esistono diversi tipi di magia nera che puoi studiare, di solito vengono determinati dalla linea di sangue. Come reale, verrai iscritta al programma Élite per imparare di più sulla fonte del nostro potere e su come controllarlo». Mi accarezzò il labbro inferiore. «Capirai meglio, quando avrai attivato il tuo dono».

«Quello che pensi sia bloccato» dissi, rabbrividendo per la dolcezza con cui mi aveva sfiorato la bocca.

Annuì. «Sì».

«E vuoi aiutarmi a sbloccarlo?».

«Sì». Mi diede un bacio sulla guancia. «Se non entriamo, mia madre ci interromperà di nuovo».

«Avrei dovuto fare un inchino?» farfugliai. «È per questo che sembrava che l'avessi offesa?». Era sposata con un re, no? *Un attimo...* «Se tuo padre è...». Mi cedettero le gambe, e la verità mi piombò addosso con la forza di un treno merci. «Merda». Avrei dovuto capirlo la prima volta che lo aveva menzionato. «Ciò significa che sei un principe. E un futuro re...?» squittii.

«Tecnicamente, quello sarebbe il mio ruolo» disse una voce nell'oscurità. «Però sì, il mio fratellino è indubbiamente un principe».

Tray

Kols si materializzò accanto a noi con un sorrisetto malevolo; sapeva quanto odiassi essere chiamato "fratellino". «Sei più vecchio di due minuti» borbottai.

«Sufficienti a fare di me il futuro re, e di te... un semplice principe». Alzò e abbassò ripetutamente le sopracciglia. «A meno che tu non voglia sfidarmi a duello».

Il riferimento alla nostra giovinezza mi fece scuotere la testa. «Sappiamo entrambi che è una sfida che non voglio vincere».

«O almeno così continui a dire...» rispose, incontrando lo sguardo esterrefatto di Ella. «Mio fratello non fa che ripeterlo ogni volta che gli suggerisco di batterci. Non solo crede di potermi battere, ma è anche convinto che ciò gli farebbe ereditare il trono». Mi colpì al fianco con una scarica elettrica, facendomi lasciare andare di scatto Ella. Ricambiai con una scossa altrettanto potente.

«Era un abito molto costoso» mi lamentai, osservando il tessuto bruciacchiato all'altezza del fianco.

«Oh, no. Te lo sistemo subito, fratellino». E mosse le dita, tessendo nell'aria un filamento di magia che riparò il vestito.

«La smettete di fare i bambini e venite dentro?» disse nostra madre dalla soglia. La sua pazienza era ufficialmente esaurita.

Ella era impietrita, con lo sguardo fisso sui filamenti magici che brillavano sul mio fianco.

«Dammi due minuti, mamma» risposi. «Per favore».

Lei mi guardò per un istante, poi alzò le mani in segno di resa e tornò dentro casa.

«Domani papà ha un incontro con Aswad» mi informò Kols. «La mamma è agitata».

«Me ne sono accorto» risposi, rivolgendo la mia attenzione a Ella. «Ti va bene entrare, o preferisci che ti accompagni a casa?». Se avesse scelto la seconda opzione, l'avrei accontentata. Anche se significava passare la notte in bianco. L'incantesimo con cui l'avevo soggiogata aveva alterato la sua percezione del tempo, facendole credere che fosse passata circa un'ora da quando avevamo lasciato il ballo. In realtà, ne erano passate quasi cinque.

Per fortuna, c'era un motivo se i Fae di Mezzanotte si chiamavano così. Eravamo creature notturne, e in quel momento, per noi, era come se fosse tardo pomeriggio.

«Mi porterai davvero indietro?» mormorò.

«Se è questo che vuoi, sì». Mi avvicinai di nuovo a lei, ma senza toccarla. «Sarebbe più saggio restare. Ma non ti costringerò mai a fare qualcosa che non vuoi». Nei limiti del possibile, ovviamente. Prima o poi avrebbe dovuto frequentare l'Accademia. Erano le regole imposte dal Consiglio. Per questo il mio compito era così importante: dovevo assicurarmi che *volesse* iscriversi, rendendo inutile obbligarla.

«Voglio saperne di più» disse Ella, il cui sguardo guizzò da me a Kols, per poi posarsi sulla casa della nostra famiglia. «Voglio che mi parli di mia madre».

Io e mio fratello ci scambiammo un'occhiata. Sapevamo entrambi che l'argomento avrebbe turbato la nostra. Un tempo, Siobhan Zorya era la sua migliore amica.

«Ti dirò tutto quello che vuoi» promisi. «Dopo aver incontrato i miei genitori». Su quello ero irremovibile.

Per fortuna, accettò l'accordo con un cenno del capo. «Okay». Fece un passo avanti, poi si fermò. «Aspetta, non hai chiarito la questione dell'inchino».

Kols ghignò. «Quello sì che sarà divertente».

«Piantala» gli dissi, per poi rivolgermi a Ella. «Non seguiamo le formalità degli umani».

«Ma dovremmo» intervenne il mio irritante gemello. Finse di inchinarsi e guardò Ella dal basso, con gli occhi dorati che brillavano. «Uhm... sì, ottima visuale».

Sospirai, frustrato. «Smettila di flirtare con la mia... *Ella*».

Lei mi fissò a bocca aperta. «La *tua* Ella?». Sbuffò. «Anche se siamo nel tuo territorio, resto comunque l'unica padrona di me stessa, grazie tante».

Kols si morse il labbro per non scoppiare a ridere. Sapevo benissimo a cosa stava pensando. *Buona fortuna, fratellino*.

Beh, preferivo essere promesso a lei che alla stronza che la società aveva imposto a mio fratello.

Essere un secondogenito comportava alcuni vantaggi.

Come la possibilità di scegliere liberamente chi sposare, purché appartenesse a una famiglia reale.

Il povero Kols non ne avrebbe mai avuto l'opportunità.

E il modo in cui il divertimento sparì dalla sua espressione mi disse che lo sapeva anche lui.

Si schiarì la voce e raddrizzò la schiena. «Questa formalità non mi dispiace» disse, porgendo la mano a Ella. «Il mio nome è Kolstov. Familiari e amici, di cui ora fai parte anche tu, mi chiamano Kols».

«È il mio gemello» aggiunsi. «Non identico, chiaramente».

«Già, a me è toccato l'aspetto migliore» disse, mentre Ella gli stringeva la mano. Kols si portò il polso della ragazza alle labbra e lo baciò. Quando si accorse che lo stavo fulminando con lo sguardo, gli brillarono di nuovo gli occhi.

Smettila di flirtare con la mia promessa sposa, gli dissi con un'occhiata.

Mi sto solo divertendo un po', sembrò rispondere il suo sorrisetto.

«Gemelli» commentò Ella, ritirando la mano. «È pericoloso».

«Oh, non ne hai idea» mormorò Kols. «Vieni, piccola Halfling. Nostro padre muore dalla voglia di conoscerti».

«Piccola Halfling?» ripeté sbuffando. «Okay, principino arrogante, andiamo».

Kols inarcò un sopracciglio. «Principino arrogante?».

«Cosa c'è?». Lo guardò con un'espressione fintamente innocente. «Pensavo che ci stessimo dando dei soprannomi».

«Oh, mi piaci proprio» rispose con un sorriso, poi si rivolse a me. «Ottima scelta, fratellino».

«Smettila di provocarla» sibilai, incrociando le braccia.

«Io? Provocare qualcuno?». Premette la mano sul petto, all'altezza del cuore. «Giammai!».

Ella ridacchiò e scosse la testa, facendomi accigliare. «Hai veramente riso?».

«È divertente» disse con una scrollata di spalle. E il sorriso che si allargava. «E affascinante. Perché non hanno mandato lui a Darlington? Forse mi sarebbe piaciuto».

Ah, capisco. «Ora sei tu che provochi me». Sospirai. «Non è una mossa molto saggia, Ella. Sono l'unico che può portarti a casa».

«Casa» ripeté sbuffando. «Non è un punto a tuo favore, Nacht».

«Quindi ne ho già persi due?». Perché aveva detto lo stesso sul "rapimento".

«Oh, ne hai persi molti di più» precisò, per poi rivolgersi a mio fratello in tono disinvolto: «Sapevi che ha cercato di annegarmi?».

«Annegarti?». Kols mi guardò con un'espressione sconcertata. «Perché mai dovresti cercare di annegare la tua pro...».

«Basta» ringhiai, interrompendolo. *Non lo sa ancora*, tentai di dirgli con un'occhiata. «Andiamo dentro» tagliai corto, notando la ruga che gli era comparsa tra le sopracciglia. Più tardi avremmo discusso di quel piccolo lapsus.

Ella non sembrò accorgersene. Si limitò ad alzare una spalla e dire con leggerezza: «Certo. Perché no?».

Non ero così ingenuo da credere al suo tono disinvolto. Oh, era brava a dipingersi sul volto un'espressione impassibile, probabilmente a causa di tutti gli anni trascorsi a nascondere le sue vere emozioni. Ma sapevo che, sotto la facciata, ribolliva di domande. Lo vedevo nello scintillio dei suoi occhi azzurri. Aveva bisogno di informazioni. Soprattutto riguardo sua madre.

Dopo averle presentato la mia famiglia, avrei fatto del mio meglio per soddisfare la sua curiosità. Ma un'unica notte non sarebbe stata sufficiente; ci sarebbe voluto del tempo prima di poterle raccontare tutto e colmare le sue lacune.

L'occhiata che mi lanciò mio fratello confermò che ne era consapevole anche lui.

E che non mi invidiava nemmeno un po'.

Ella

«Wow, questa è la tua stanza?». Era quasi... beh, *normale*. Colori scuri, una scrivania, una zona in cui sedersi con coperte e cuscini e un balcone che dava sul retro della villa. Oh, e un letto enorme, con un comodino su ogni lato.

Ignorai quella parte e guardai fuori dalla finestra, rapita dalle due lune.

Era tutto così irreale.

Ma suo padre era esattamente come qualsiasi altro padre. A parte il fatto che era un re e che, come la moglie, non dimostrava più di venticinque anni.

Quindi, non proprio un padre come tutti gli altri, ma nemmeno particolarmente bizzarro.

Scossi la testa.

«A cosa stai pensando?» chiese Tray, dandomi un bicchiere d'acqua. Di cui avevo estremamente bisogno.

Lo svuotai prima di rispondere, avevo la gola secca a causa di quelle che mi erano sembrate ore trascorse senza bere. Quando ebbi finito, mi prese di mano il bicchiere e si avvicinò al piccolo frigorifero in un angolo della stanza, per riempirlo di nuovo.

«Cos'è che ti fa accigliare in quel modo?» insistette, tornando con il bicchiere pieno.

Bevvi un sorso d'acqua e sospirai. *È così rinfrescante*. Non gli chiesi se fosse avvelenata o incantata. A quel punto, non mi importava più. Se avesse voluto farmi del male, lo avrebbe già fatto. Al contrario, sembrava deciso a darmi delle spiegazioni. Per cui gli ero grata, seppure con riluttanza.

«Ella?».

Mi schiarii la voce e incontrai il suo sguardo preoccupato. «Stavo pensando a Reba e Malik. Sembrano troppo giovani per essere i tuoi genitori».

«Ah, sì, invecchiamo in modo diverso dagli umani. I nostri primi vent'anni o giù di lì sono abbastanza simili, poi le cose proseguono lentamente per qualche secolo. La maggior parte dei Fae di Mezzanotte arriva a cinquecento o seicento anni». Si strinse nelle spalle, come se non si trattasse di un'informazione sconvolgente. «Te ne accorgerai presto, quando smetterai di invecchiare».

Mi sentivo come un pesce fuor d'acqua, incapace di respirare. «Quindi... Ma allora... Cioè, mi stai dicendo...». Scossi la testa, tentando di formare un pensiero coerente. «Vivrò per altri cinquecento o seicento anni?».

Tray annuì. «Sì, più o meno». Si mise una mano sulla nuca, e un accenno di disagio incupì il suo sguardo. «Di solito, guariamo più rapidamente dei mortali, e le malattie umane non hanno alcun effetto su di noi. Ma ci sono traumi e ferite da cui non riusciamo a riprenderci».

«Come un frontale in auto» dissi, capendo il motivo della sua espressione. «La polizia ha detto che è morta sul colpo».

«Nemmeno un Fae può sopravvivere a un trauma cranico di quella portata» mormorò con una smorfia contrita. «Mi dispiace, Ella».

«Per cosa? Per la mia perdita?». Non riuscii a trattenere l'amarezza. «Perché dicono tutti così? Dovrebbero dire quello che pensano davvero. *Mi fai pena*». Era quella la verità.

«Intendevo che mi dispiace di aver sollevato l'argomento»

chiarì. Si era irrigidito. «Ma non mi fai pena, Isabella. Le esperienze che hai vissuto sono il cardine della tua forza d'animo. Dispiacermi per le perdite che hai subito significherebbe sminuire la donna che sei diventata. E questo sarebbe ingiusto per entrambi».

La mia irritazione si sopì, le sue parole mi avevano colta di sorpresa.

Niente di quello che diceva o faceva corrispondeva alle mie aspettative. Ogni volta che mi convincevo di qualcosa, lui faceva il contrario. Come se fosse nato per provocarmi.

«E adesso a cosa stai pensando?» mi domandò con un'espressione sospettosa.

«Vuoi dire che i vampiri non possono leggere la mente?».

Sbuffò. «Siamo Fae, tesoro. I vampiri sono una leggenda».

«Ti nutri di sangue» gli ricordai.

«Di rado». Incrociò le braccia e si appoggiò alla parete, lasciandomi con la scelta di restare in piedi in quello che avrebbe potuto essere definito un salottino, o sedermi sul divano.

Scelsi il divano. Nel momento in cui sprofondai sul cuscino, fui travolta da un'ondata di stanchezza. *Che ore sono, tra l'altro?!*, mi domandai, lanciando un'occhiata fuori dalla finestra. Era ancora buio, dovevano essere le tre o le quattro del mattino. Ammesso che lì il tempo funzionasse allo stesso modo.

Una risatina mi risalì la gola. *Qui*, pensai. *Nella terra dei Fae.*

Nonostante la casa fosse arredata in modo molto moderno, la magia si annidava in ogni angolo. Non che ci fossero strani mostri in agguato, ma l'aria era densa di un'energia eterea. In diverse occasioni, delle lingue di fuoco danzarono sulle dita di Kols. A un certo punto, ne aveva scagliata una contro Tray, che l'aveva catturata e soffocata in un'ombra di braci.

Io avevo assistito alla scena a bocca aperta, rendendomi sempre più conto di quanto quel mondo fosse reale. *Sono per metà Fae*, pensai per la milionesima volta. Ma non sentivo di possedere alcun dono.

«E se il mio potere non dovesse manifestarsi mai?» mi domandai a voce alta. «Dovrò tornare a Darlington?».

«Ho una domanda migliore. Come facciamo a spezzare i vincoli che stanno impedendo al tuo potere di manifestarsi?» ribatté Tray, allontanandosi dal muro e unendosi a me sul divano. Si sedette all'estremità opposta, appoggiando la schiena sul bracciolo e avvicinandosi il ginocchio destro al petto, mentre il piede opposto rimaneva appoggiato sul pavimento.

Imitai la sua posizione, in modo che potessimo guardarci in faccia. «È normale per un Halfling dover "spezzare i vincoli"?».

«No. Ma niente di te è normale, Ella. Fino a stasera, non sapevi nemmeno di essere per metà Fae. I pochi Halfling esistenti sono cresciuti con dei genitori che sapevano come aiutarli a sviluppare i loro poteri».

«Mentre mia madre è morta quando avevo dodici anni» mormorai, riflettendo sulla questione. «Ma allora perché mio padre non ha detto niente?». Era morto qualche anno più tardi, poco dopo aver sposato Clarissa.

«Probabilmente era all'oscuro di tutto». Tray si mosse appena, e i pantaloni gli si tesero sulle cosce. Il mio abito copriva metà del divano, la gonna frusciava a ogni più piccolo movimento.

Dovevamo sembrare proprio ridicoli, seduti lì nei nostri vestiti eleganti a discutere di Fae e di magia.

«Tua madre sapeva che la loro relazione non poteva durare» continuò Tray. «I mortali invecchiano molto più velocemente di noi. Alla sua morte, sarebbe stata ancora nel fiore degli anni. Ma deve essere rimasta a causa tua».

Lo interruppi alzando la mano. «I miei genitori si amavano».

«Non ne dubito, ma gli umani amano in modo diverso, Ella. Tuo padre ha voltato pagina facilmente. Se fosse stato un Fae, sarebbe impossibile».

Il suo commento mi fece ribollire il sangue. Perché sì, era proprio così. Era andato avanti. All'epoca ne fui turbata, e la sensazione non mi aveva mai abbandonata del tutto.

Com'era possibile che avesse permesso a un'altra persona di entrare nella sua vita meno di un anno più tardi? Il giorno in cui mi disse che si era fidanzato con Clarissa, ero ancora profondamente in lutto per la morte di mia madre. E poco dopo si erano sposati, regalandomi due perfide sorellastre e una matrigna che a stento riusciva a guardarmi.

«*Sei identica a tua madre*» mi aveva detto un'infinità di volte. «*È un vero peccato. Non ho mai capito cosa ci trovasse in lei. Ma è stato gentile da parte sua toglierla dalla strada e accoglierla in casa sua*».

Rabbrividii, ricordando il suo tono sprezzante e le implicazioni contenute nelle sue parole. Quella strega affermava spesso che mia madre era una criminale che sfruttava la ricchezza e la generosità di mio padre. Avevo sempre fatto molta fatica a non sottolineare l'ironia delle sue accuse. Ma non potevo fare altro che mordermi la lingua, perché l'ultima cosa che volevo era attirare la sua attenzione su mia madre e sui soldi che mi aveva lasciato.

«Dovremmo riposarci un po'» disse Tray, alzandosi in piedi. «Vado a cercare qualcosa di più comodo da metterti».

Non sarebbe stato difficile. L'abito, per quanto bello, non era esattamente confortevole. Anche se avrei potuto facilmente usare la gonna come sacco a pelo.

Tray tornò con una maglietta e un paio di pantaloncini e indicò una porta sul lato della stanza, che conduceva a un enorme bagno decorato con marmo nero e impianti d'argento.

«Caspita» boccheggiai, osservandolo. Se Satana avesse avuto un bagno, sarebbe stato esattamente così. Forse con l'aggiunta di un caminetto.

Scossi la testa e appoggiai i vestiti sul ripiano nero. Poi sciolsi il fiocco alla base della schiena. Era stata la proprietaria del negozio ad allacciarmi la parte superiore dell'abito, che consisteva in un corsetto.

E ora non avevo idea di come procedere.

Mi mordicchiai il labbro, valutando le mie opzioni.

Forbici? Mi misi a frugare nei cassetti del mobile del bagno. *Niente.*

Posso provare a toglierlo con qualche bello strattone. Girai su me stessa, afferrando il tessuto e tirandolo, ma senza successo. Anzi, ebbi l'impressione di aver peggiorato la situazione.

Potrei dargli fuoco. No, tenevo troppo alla mia pelle.

Giunsi all'unica, e spiacevole, conclusione. «Tray?» lo chiamai, maledicendo interiormente il fato.

«Sì?». Apparve sulla soglia con addosso un paio di pantaloni del pigiama grigi.

E nient'altro.

Lo avevo già visto a torso nudo in piscina, ma in qualche modo i suoi muscoli sembravano ancora più definiti. Doveva essere la luce. Ogni solco sul petto e sull'addome era perfettamente delineato, come se fosse stato scolpito nel marmo. Ma, al contrario della pietra, emanava calore. E la sua pelle aveva una sfumatura olivastra, in contrasto con il pallore della mia.

Non molto vampiresco, almeno stando alle leggende.

Ma la curva peccaminosa delle sue labbra appariva certamente malvagia. «Ella?» mi esortò, inarcando un sopracciglio.

Ah, giusto. Lo avevo chiamato.

Scossi il capo e mi voltai, dandogli le spalle. «Puoi aiutarmi a uscire da questa gabbia di raso, per favore?». Incrociai il suo sguardo nello specchio. «Oppure, se hai qualcosa di affilato, posso arrangiarmi da sola».

Studiò l'abito con un'espressione pensosa. «Sarebbe un peccato rovinare un vestito così bello». Si avvicinò. «È meglio se ti aiuto io».

Quando le sue dita afferrarono il nastro, mi aggrappai al ripiano di marmo, irrigidendomi. Un'ondata di calore mi risalì il collo, causata dalla sua vicinanza e dal profumo di dopobarba che mi solleticava il naso. Perché doveva essere così sexy?! Era dovuto alla sua natura di Fae? In effetti, Kols era altrettanto attraente. E anche il padre possedeva un fascino innegabile, accentuato dal suo aspetto giovanile.

I vampiri erano notoriamente belli, giusto? Almeno secondo le leggende. Quindi forse lo erano anche tutti i Fae.

Un intero mondo di maschi affascinanti con la passione per i morsi. Un sogno erotico, ma reale. Deglutii e chiusi gli occhi. *Ho proprio bisogno di riposare.* Perché quei pensieri non erano minimamente appropriati. Soprattutto con Tray così vicino.

Che mi spoglia.

E mi accarezza.

Rabbrividii quando il suo respiro lambì la mia spalla nuda. Sentii il tessuto allentarsi attorno alla vita, con il nastro che frusciava man mano che Tray lo scioglieva. Abbassai lo sguardo sulle braccia e mi resi conto di avere la pelle d'oca. I guanti erano spariti, dovevano essere da qualche parte in casa. O forse me li ero tolti nella limousine? Non riuscivo a ricordare. Tutta la mia concentrazione era rapita dal ragazzo alle mie spalle.

Fae, mi corressi mentalmente. *Ma comunque incredibilmente attraente.*

Il mio stomaco fece una capriola, solleticato dalle farfalle che ancora una volta si erano librate in volo. Il suo bacio di prima mi aveva consumato la mente, il corpo e l'anima, facendomi conoscere sensazioni lette soltanto nei libri. Ma era merito suo, o del suo potere? Mi aveva assicurato di non aver usato nessun incantesimo sulla pista da ballo, eppure mi ero sentita ipnotizzata.

Forse dovrei baciarlo di nuovo e vedere se mi sento ancora così. Aprii gli occhi di scatto, rendendomi conto di quanto fosse un'idiozia.

E vidi che Tray mi stava osservando dallo specchio. Il suo sguardo era una pozza di pece rovente che mi tolse il fiato.

«Ora dovresti riuscire a sfilartelo» sussurrò.

«Grazie» riuscii a dire con voce roca. Avevo di nuovo la bocca secca.

Rispose con un cenno del capo e uscì dal bagno, lasciandomi lì a cambiarmi, o forse a respirare. Avevo bisogno di fare entrambe le cose.

Sostituii in fretta il raso con i suoi comodi vestiti di cotone. Poi persi un po' di tempo in bagno a lavarmi i denti, usando un dito a mo' di spazzolino, e a tentare di darmi una calmata. Quando tornai nella sua stanza, le mie guance non erano più arrossate come prima, ma la mia pelle era comunque bollente. Una sensazione accentuata dallo spettacolo che mi trovai davanti: Tray era steso sul divano con gli addominali ancora in bella mostra.

Si alzò in piedi di scatto, senza dire una parola, ed entrò nella stanza da cui ero appena uscita, sfiorandomi nel passarmi accanto.

Okay.

Per nulla imbarazzante.

Lanciai un'occhiata al letto, poi alla zona adibita a salottino. Il divano sembrava molto più sicuro. Afferrai un paio di cuscini; ero sul punto di sistemarli sul divano, quando Tray tornò. «Dormirò... ehm... dormirò qui» gli dissi senza guardarlo.

«Assolutamente no» ribatté. «Dormirò io sul divano».

«È la tua camera» gli ricordai. «E io non ho nessun problema a dormire sul divano».

«Hai ragione, è la mia camera. E questo significa che tu dormirai sul letto, Isabella. Fine della discussione».

Oh, no, non ha appena provato a darmi ordini. Feci un mezzo giro su me stessa per guardarlo in faccia, con le mani piantate sui fianchi. «Non puoi costringermi a dormire dove vuoi tu».

«Perché devi fare la difficile?» ribatté in tono esasperato, avvicinandosi a me. «Prenditi il letto e basta!».

«Non voglio dormire nel tuo letto!» gli gridai in faccia.

«Perché no?!».

«Perché non... È una questione di principio, Tray».

«Una questione di principio» ripeté, con il calore emanato dal suo torso che stava praticamente sciogliendo la maglietta che mi aveva prestato. O forse era la mia stessa irritazione a minacciare di incendiare il tessuto. «Cazzo, mi fai impazzire».

Le mie sopracciglia schizzarono in alto. «*Io* ti faccio impazzire?! Mi hai rapita e mi hai trascinata nel regno dei Fae!».

«Perché stavi facendo la difficile. Che novità». Ed ebbe il coraggio di alzare gli occhi al cielo.

«Stai scherzando? Mi hai detto di andare a prenderti da bere come se fossi un cane, mentre ballavi con Ryan. Subito dopo avermi *baciata*. Davanti a tutta la scuola. Scusami, se ho reagito di conseguenza».

«Correndo via».

«Mi pare ovvio!». Quel ragazzo era veramente impossibile. «Puoi biasimarmi? Hai preferito Ryan a me».

«Non è vero».

«No? Mi hai mandata via, Trayton. Per poter ballare con lei. Proprio *lei*, tra tutte le ragazze presenti». Il solo pensiero mi fece ribollire il sangue, le mie dita si strinsero a pugno. «Non ho nessuna intenzione di dormire sul tuo letto. Anzi, non voglio nemmeno dormire nella tua stanza. Forse Kols mi lascerà dormire sul *suo* divano».

Tray ringhiò, avvicinandosi ancora di più e mettendomi un braccio attorno alla vita. «Dovrai passare sul mio cadavere».

«Volentieri» dissi con voce soave.

«Ci scommetto» rispose sbuffando. Poi mi accarezzò il viso con la mano libera. Un gesto tenero, in netto contrasto con la rabbia che traspariva dalla sua espressione. «Ma stai dimenticando una cosa, Isabella Cinder».

«Ah sì?». Gli afferrai il polso e gli diedi una stretta di avvertimento. «Cosa sarebbe?».

«Non vuoi davvero che muoia» rispose. «Altrimenti, non potrei fare questo...».

E la sua bocca si avventò sulla mia prima che potessi ribattere. Non che sapessi cosa dire. Perché Trayton Nacht mi stava baciando. Di nuovo.

TRAY

Isabella Cinder mi stava facendo impazzire. Non riuscivo a capire se avrei voluto ucciderla o scoparla.

No.

Non era vero.

Perché in quel momento non volevo fare altro che scoparla. Contro il muro. Forte. Lei e la sua boccaccia. Un attimo prima, era felice e serena, quello dopo voleva staccarmi la testa. Me lo meritavo? Forse. Ma non per uno stupido letto. Glielo avevo offerto solo per essere gentile, e lei si era messa a litigare senza alcuna ragione.

È insopportabile.

Oh, ma sapeva di menta e di fresco… ed era *mia*.

Strinsi la presa attorno alla sua vita, mentre lei praticamente si scioglieva su di me. Almeno su quello non faceva troppe storie. Il suo corpo riconosceva il mio a un livello che presto avrebbe compreso… intimamente.

La mia lingua sedusse la sua, e la mia mano scivolò dalla sua guancia alla nuca, per inclinarle la testa e poterla baciare ancora meglio. Gemette, un suono che mi colpì dritto all'inguine.

La feci camminare all'indietro, verso il mio letto, sperando con tutte le mie forze che non ricominciasse a litigare. Ma forse non sarebbe stato così male. C'erano cose peggiori che sottometterla a furia di baci.

Emise un piccolo squittio nel momento in cui le sue gambe toccarono il materasso, ma soffocai le sue proteste con la lingua e le afferrai i fianchi. Un altro suono sorpreso abbandonò la sua bocca quando la sollevai. «Tray...».

La gettai al centro del letto e salii sopra di lei prima che potesse mettersi a discutere. «Ssh, Isabella. Basta parlare. Voglio solo divorarti». Mi appropriai di nuovo della sua bocca, zittendola.

Un basso gemito le vibrò in gola, facendomi sorridere.

Sì, tesoro, pensai. *Proprio così.*

Affondò le dita tra i miei capelli, tenendomi stretto a sé e ricambiando il mio bacio con ferocia. Incendiandomi l'anima.

Cazzo.

Mi avrebbe ucciso nel migliore dei modi.

Le accarezzai i fianchi, risalendo il suo splendido corpo e memorizzandone ogni curva attraverso la mia maglietta. Che tra l'altro le dava un aspetto talmente sexy che avrei voluto strappargliela di dosso. Ma non l'avrei forzata. Il modo in cui tremò quando le sfiorai il seno confermò i miei sospetti sulla sua innocenza. Ella era stata a malapena toccata da un uomo. Non ne fui sorpreso, considerando l'inferno che aveva passato.

Mmm, avrebbe avuto bisogno di una lenta introduzione ai piaceri del sesso.

Me ne sarei occupato con gioia.

Trascinai le labbra verso il suo collo, le baciai la gola e le diedi un piccolo morso dove il suo cuore palpitava. Sussultò. Il suo corpo aveva riconosciuto il mio desiderio più oscuro.

«Non preoccuparti, piccola» sussurrai leccandole il collo, risalendo verso l'orecchio. «Non ti morderò».

Non perché non lo volessi.

Ma perché avrebbe dato inizio al processo di accoppiamento.

E per quella sera ne aveva già passate abbastanza.

«Tray» sussurrò, inarcandosi verso di me in un modo che mi rese *molto* difficile comportarmi bene.

Feci scivolare una coscia tra le sue per darle la pressione che desiderava, pur senza saperlo, e la mia bocca tornò sulla sua. Il calore che irradiava dal suo sesso attraversò i vestiti di entrambi, marchiandomi la pelle e incendiandomi il sangue. Lasciai che la passione alimentasse il nostro bacio, reclamando la sua lingua con la mia.

Lei gemette.

Io ringhiai.

Suoni che erano un preludio al nostro futuro. Le nostre anime conoscevano già il loro destino, le linee di sangue erano legate in un modo impossibile da negare. Avevo sentito il bisogno irresistibile di farla mia fin dal giorno in cui l'avevo incontrata per la prima volta.

La maggior parte dei Fae di Mezzanotte non sperimentava mai quella connessione immediata, e i nostri accoppiamenti erano decisi dal Consiglio o dalle famiglie. Per fortuna, la mia promessa sposa proveniva da una stirpe reale, nonostante la sua condizione di Halfling macchiasse la sua essenza.

Oh, avevo ancora così tanto da spiegarle.

Da insegnarle.

E non solo in camera da letto.

Anche se non mi sarebbe dispiaciuto iniziare proprio da lì.

Le accarezzai di nuovo i fianchi, ma stavolta sotto la maglietta. La sua pelle rovente era come il paradiso sotto le mie mani. Flettei la coscia a ritmo con i suoi movimenti smaniosi, i suoi sensi erano completamente offuscati dalla coltre di lussuria che ci aveva avvolti.

L'istinto mi disse che in quello stato avrei potuto farle qualsiasi cosa, il suo corpo era mio.

Ma ciò significava che avrei dovuto procedere ancora più cautamente, per poter guadagnare la sua fiducia.

Trascinò le unghie sulla mia schiena, andando ad afferrarmi il sedere e stringermi ancora di più a sé. I suoi mugolii soddisfatti erano musica per le mie orecchie.

Questo avrei potuto darglielo.

Ma niente di più.

Non finché non fosse riuscita a pensare con lucidità e ad acconsentire in modo appropriato.

Le mordicchiai la mascella e la baciai sul punto sensibile tra il collo e la spalla, lasciando che le mie dita vagassero pericolosamente vicino ai seni. I suoi capezzoli erano talmente duri da essere perfettamente visibili attraverso la maglietta, implorandomi di toccarli. Ma quel primo tremito rimase ben piantato nella mia mente.

Non ancora, pensai. *Ma molto presto*.

Ella mugolò, con il piacere che le cresceva tra le gambe. Lo sentii nell'umidità che mi sfiorò i pantaloni. La mia lingua desiderava assaggiarla, la sua eccitazione permeava l'aria e seduceva i miei sensi.

«Mi stai facendo morire» ammisi in un sussurro, ansimando sul suo collo.

Le sue dita tornarono tra i miei capelli, strattonandomi verso l'alto in modo da potermi baciare, avventandosi con ferocia sulla mia bocca.

Mi avrebbe accusato di nuovo di averla soggiogata, ne ero certo.

Ma non stavo facendo nulla.

Era il suo lato Fae che lottava per uscire allo scoperto, per reclamare ciò che riconosceva come suo.

Spiegarglielo sarebbe stato un incubo.

O forse mi avrebbe sorpreso e lo avrebbe accettato senza troppi problemi. In fin dei conti, era riuscita a gestire bene tutto il resto.

Ella si spinse bruscamente verso la mia coscia, sollevando la schiena dal letto con un grido che abbandonava le sue belle labbra.

«Che splendore» mormorai, ammirandola mentre si sgretolava sotto di me.

Capelli dorati sparsi sul mio cuscino.

Guance rosate.

Labbra gonfie destinate a peccare.

Il mio sesso doleva, bramoso di poter giocare anche lui, ma soffocai ogni impulso e le accarezzai la gola con il viso, aiutandola a tornare in sé. Fece un respiro profondo, allentando la presa sui miei capelli.

E poi si irrigidì.

Okay, me lo aspettavo, pensai, sospirando mentalmente.

«Cosa... cosa mi hai appena fatto?» balbettò, con il cuore che andava ai cento all'ora.

«Esattamente quello che ho detto» risposi, reggendomi sui gomiti e lasciando gli avambracci sul materasso, ai lati della sua testa. Se avesse voluto fuggire, avrebbe dovuto lottare.

«Non... non...». Sbatté le palpebre più e più volte, i suoi occhi azzurri erano un miscuglio inebriante di piacere e confusione.

«Ti ho divorato, tesoro». Sorrisi. «E ti è piaciuto».

«Mi hai...».

«Non ho fatto nulla del genere» la interruppi, impedendole di dar voce alle sue accuse. «Ti ho baciata. E le tue labbra gonfie sono la prova che hai ricambiato. Venire soggiogati altera la percezione della realtà, Isabella. E non solo tu eri consapevole di quello che stava accadendo, ma ne sei stata anche complice. Incluso l'orgasmo».

Mi fissò per un lungo istante. «Stavo per dire che mi hai fatto impazzire, ma va bene».

Le scoccai un'occhiata insospettita. «Nonostante sia vero, dubito che fosse quello che stavi per dire».

«Beh, non lo saprai mai, visto che mi hai interrotta in un modo così maleducato». Posò le mani sulle mie spalle e tentò di spingermi via. «Spostati».

Non lo feci. «No». Premetti le labbra sulle sue per addolcire il mio rifiuto e aggiunsi: «Mi dispiace, Ella». Trascinai il naso sulla sua guancia e andai a baciarle la mascella. «Mi perdoni?». Non volevo rovinare il momento, proprio ora che eravamo finalmente così vicini a capirci.

Mi strattonò i capelli per portare il mio viso all'altezza del suo e mi scrutò con un'espressione dubbiosa. «Non capisco se mi stai prendendo in giro o se dici sul serio».

Con un sospiro, mi spostai e mi stesi sulla schiena, accanto a lei. La mia coscia formicolava al ricordo della sua eccitazione, il mio cazzo era ancora duro come una roccia. Ma la mia mente... la mia mente era stanca. Era stata una giornata molto lunga e avevamo bisogno di riposare.

«Posso dividere il letto con te?» le domandai, troppo esausto per ricominciare a discutere. «Ti prometto che non ti sfiorerò nemmeno. E dormirò sopra le lenzuola».

Parlai senza guardarla, con gli occhi rivolti al soffitto. Non volevo vedere la sua espressione. Se avesse fatto un'altra sfuriata, sarei andato a dormire sul divano di Kols.

Silenzio.

Ovviamente.

Okay, aveva bisogno di spazio. «Va bene, ho capito» dissi, mettendomi a sedere. «È stata una serata movimentata e devi ancora assimilare tutto quello che è successo. Vado da Kols. Tanto, dovevamo comunque parlare». Non era vero. Ma sospettavo che Ella se la sarebbe presa, se avessi semplicemente rinunciato alla mia stanza per lei. Non era quello che l'aveva fatta sbottare, prima? Il fatto che le avessi offerto il mio letto?

Fui quasi sul punto di sbuffare. *Che femmina impossibile.*

Ma mi afferrò il polso prima che potessi scendere dal letto, con una presa sorprendentemente forte. «Resta». Si schiarì la voce. «Voglio dire, per favore. Per favore, resta».

Le mie sopracciglia schizzarono in alto. *Ha davvero appena dimostrato un briciolo di educazione?* Stavo per dirlo ad alta voce, ma sapevo bene che non era il caso. Perché altrimenti ci saremmo rimessi a litigare. Così, mi stesi di nuovo sul letto e mormorai: «Okay».

Un'energia serena calò su di noi, e la accolsi con uno sbadiglio.

Ella si sistemò sul fianco, rivolta verso di me. «Perché hai ballato con Ryan?». Il suo sussurro mi spinse a girare la testa nella sua direzione, per guardarla negli occhi.

«Perché volevo parlare con lei della sua sgradita interruzione» ammisi. «Le tue sorellastre volevano che ti facessi innamorare di me, per poi distruggerti pubblicamente davanti all'intera scuola. Le ho fatto notare che la sua intromissione era stata controproducente».

Ella mi fissò a bocca aperta. «*Cosa*?».

«Sì, le tue sorellastre sono il male incarnato. Per questo voglio distruggerle». Rimisi la testa sul cuscino, riportando lo sguardo sul soffitto. «Il mio piano è di uscire insieme per qualche mese, organizzandoci in segreto per annientare tutti quanti. E quando Ryan si aspetterà che ti spezzi il cuore, faremo a pezzi lei».

Ryan e Carmen non avevano un cuore, quindi ingannarle allo stesso modo in cui volevano che ingannassi Ella non avrebbe funzionato.

«Credo che dobbiamo concentrarci sul loro status» aggiunsi, riflettendo ad alta voce. «E dovremo decidere se anche Clarissa merita lo stesso destino».

Ella si sollevò, appoggiandosi sul gomito, e mi guardò con gli occhi che brillavano. «Sei serio».

«Sì. Penso di avertelo già accennato almeno un paio di volte».

«Vuoi davvero che mi vendichi di loro».

«Assolutamente». Aggrottai la fronte. «Ma perché *tu* non vuoi vendicarti? Quelle stronze ti hanno fatto fare una vita infernale. E Dash e Charlie non sono migliori di loro. Perché lasci che ti trattino così? Perché non reagisci?».

«Perché reagire non fa altro che attirare l'attenzione. Ho capito molto tempo fa che se li ignoro sto più tranquilla».

«Tranquilla» ripetei sbuffando. «Sei stata tranquilla questa settimana? Con Charlie che ti tormentava in classe ogni mattina, quei due idioti che volevano annegarti a lezione di nuoto... per non parlare di quello che è successo al ballo?».

«Beh, è stata una settimana più movimentata del solito, grazie all'arrivo di un nuovo studente» commentò.

«Dai, Ella. Sii seria. Anche se non mi fossi mai presentato nella tua scuola, quei due ti avrebbero importunata comunque. E chissà cosa avrebbero architettato le tue sorellastre, se non le avessi distratte con un nuovo gioco».

«Un attimo, sei stato *tu* a suggerire come spezzarmi il cuore?!».

«Più che altro, ho manipolato Ryan a collaborare a un piano che facesse comodo anche a me» chiarii. «Mi ha dato una scusa per passare più tempo con te, pur fingendo di essere uno di loro. Una vittoria su tutti i fronti».

L'ultima frase la fece sbuffare. «Essere uno di loro non è una vittoria».

«Lo è, se vuoi annientare quei bastardi» ribattei, appoggiandomi sul gomito e imitando la sua posizione. «Pensaci bene, Ella. Se credono che sia dalla loro parte, abbasseranno la guardia, dandoci il modo di infiltrarci nella loro cerchia e distruggerli dall'interno. È un piano geniale».

«Seriamente, perché vuoi perdere tempo su questa cosa?» mi domandò. «Sono solo degli umani che vanno alle superiori. Mi sembra decisamente insignificante, se paragonato a tutto questo». Agitò la mano indicando il resto della stanza, ma capii cosa intendeva: il regno dei Fae di Mezzanotte.

«Qualcosa che hanno fatto ti ha impedito di accedere ai tuoi poteri». Allungai la mano e le accarezzai il viso. «Una colpa molto seria. Dovresti prenderla così anche tu, Ella. Hai passato anni a creare delle mura impenetrabili dietro cui proteggerti, e penso che siano parte del motivo per cui la tua Fae interiore non riesce a emergere».

Si morse l'interno della guancia, poi scosse lentamente la testa. «Non vedo come vendicarmi possa essermi utile».

«Forse non sarà utile a te, ma alla prossima vittima sì. Ed è molto probabile che il loro futuro bersaglio non sia forte quanto te». A dire il vero, ne ero certo. Ella aveva sopportato qualcosa che tanti non affrontavano in una vita intera. L'aveva rafforzata in modi che le avrebbero giovato nel regno dei Fae di Mezzanotte, ammesso che riuscissimo a capire come sbloccare i suoi doni.

«Non ci avevo mai pensato» mormorò, adagiandosi di nuovo sul materasso, ma sempre rivolta verso di me. Feci lo stesso, passando ad accarezzarle il collo. «Mi sono sempre concentrata sulla fuga, non su quello che sarebbe successo dopo a Darlington».

«Hanno vissuto in un mondo in cui possono fare quello che vogliono a chi vogliono, senza essere mai puniti. Li attende un futuro malvagio. E molto spiacevole per chiunque li incroci».

«A meno che non troviamo un modo per dar loro una lezione».

Oh, volevo fare molto di più. Non meritavano una semplice lezione, meritavano che le loro vite fossero completamente stravolte. Meritavano l'equivalente terreno del purgatorio. Ma avrei seguito le indicazioni di Ella; sarebbe stata lei a decidere come punirli.

«Mancano ancora diversi mesi alla fine dell'anno scolastico» mormorai. «Più a lungo ci metteremo a costruire la nostra relazione, più tempo avremo per pianificare qualcosa. E, nel frattempo, potrò insegnarti tante altre cose sui Fae di Mezzanotte e sulla nostra Accademia. Per non parlare del fatto che dovremo esplorare i blocchi che impediscono ai tuoi poteri di emergere».

«Quindi hai intenzione di tornare a scuola con me» disse con una punta di ironia. «Sembra che tu voglia punire te stesso».

Sorrisi. «Fidati, non è una punizione».

«Mmh». I suoi occhi brillarono. «Quindi stai dicendo che ti piace farmi da fata madrina». Aggrottò la fronte. «Anzi, forse angelo custode è un termine più appropriato. Solo che in realtà non sei per niente un angelo».

«Sono un Fae, non una fata» la corressi. «E sicuramente non un angelo, hai ragione».

«La fata madrina è il personaggio di una fiaba» disse. «Hai presente? Quella che aiuta la protagonista a prepararsi per il ballo? È praticamente quello che hai fatto stasera. Anche se non mi hai riportata a casa entro mezzanotte». Spalancò gli occhi. «No, mi hai portata nel regno dei Fae di Mezzanotte. Cavolo, sono...». Scosse la testa. «Okay, non importa. Ho bisogno di dormire».

Considerando tutte le sciocchezze che mi aveva appena propinato, ero assolutamente d'accordo. «Sì, buona idea».

Esalò una risatina delirante e si avvolse nel lenzuolo, creando un piccolo rifugio sul suo lato del letto. Adoravo quanto apparisse minuscola e protetta, inghiottita dal cotone.

Abbassai le luci con un guizzo di magia, immergendo la stanza in un'atmosfera crepuscolare. Le tende oscuranti sarebbero scese nel giro di un'ora. Qualcosa mi diceva che sarebbe stata troppo esausta per accorgersene.

«Tray?» mormorò.

La guardai, ma aveva gli occhi chiusi. «Sì?».

«Puoi dormire sotto le lenzuola».

Ella

La mia matrigna non si era accorta della mia assenza. O forse se n'era accorta, ma non le importava. Avevo sbrigato tutte le faccende prima di andare a scuola, e quella sembrava la sua unica preoccupazione.

Allontanai un ciuffo di capelli da davanti agli occhi con uno sbuffo e aspettai che iniziasse l'ora di Lettere.

Essere seduta lì, dopo tutto quello che avevo scoperto durante il weekend, era un'esperienza surreale.

I Fae esistono davvero.

Tray si nutre di sangue.

Tray bacia come un dio.

Rabbrividii al ricordo delle sue carezze e del modo in cui aveva premuto la coscia tra le mie. Non avevo molta esperienza; Dash mi aveva baciata un paio di volte, mi aveva toccato il seno attraverso i vestiti e mi aveva afferrato il sedere in varie occasioni. Niente di entusiasmante, e sicuramente niente di simile a quello che mi aveva fatto Tray.

«Mi stai sognando a occhi aperti, tesoro?» mi domandò Tray, camminando verso il fondo della classe. Aveva trascorso gli ultimi minuti a sparare cazzate con Charlie vicino alla porta. Probabilmente lo aveva odiato, eppure era riuscito a sghignazzare per tutto il tempo.

Si fermò davanti a me. Lo guardai, sbattendo le ciglia con

un'espressione fintamente accattivante. «Sì. Ho appena immaginato di pugnalarti al cuore. È stato meraviglioso».

Qualche studente ridacchiò, quelle pecore erano sempre in ascolto.

«Mi ferisci, Ceneracchia» mormorò, lasciandosi cadere sulla sedia con aria sconfortata.

«Se solo fosse vero!» replicai.

Avevamo deciso di fingere di odiarci, dopo quello che era successo al ballo. Ryan avrebbe adorato l'idea che Tray dovesse faticare per conquistarmi, perché spezzarmi il cuore sarebbe stato ancora più devastante.

«Oh, lo è stato» rispose, con un tono di voce abbastanza alto da essere sentito da tutti. «Ogni leccata, ogni gemito, ogni bacio».

Alzai gli occhi al cielo. «Okay, mi hai baciata al ballo. Wow. Che esperienza fantastica» dissi in tono piatto.

«Sembravi proprio pensarla così». Mi rivolse uno sguardo ardente. «Scommetto che mi baceresti di nuovo, nelle giuste circostanze».

Le mie labbra si contrassero perché sì, lo avrei baciato eccome. In qualsiasi circostanza. Ma mi limitai a rispondere: «Certo. Di notte. Nei tuoi sogni».

Mi fece l'occhiolino. «Nei miei sogni faremmo molto più che baciarci».

«E nei miei non faresti altro che morire, coglione».

Montgomery scelse proprio quel momento per entrare in classe, e la sua attenzione fu subito su di me. «Cinder, non essere volgare!».

«Il compito che ci ha assegnato è impossibile, professoressa» disse Tray, cogliendo la palla al balzo. «Non accetta nemmeno di incontrarmi per le interviste, nonostante le abbia offerto tutto il mio tempo libero».

Scoppiai a ridere. «Scusa, mi pare di ricordare che tu mi

abbia detto di essere impegnato ogni singolo giorno, la settimana scorsa».

«Non ho mai detto nulla del genere» rispose, senza distogliere lo sguardo dall'insegnante. «Come faccio a completare il lavoro, se si rifiuta di incontrarmi?».

Montgomery mise la borsa sulla cattedra con un'espressione che trasmetteva con chiarezza quanto odiasse i lunedì. O i suoi alunni. O forse solo noi due.

«È vero, Cinder?» domandò. «Ti stai rifiutando di collaborare con il nostro nuovo studente?».

«L'ho visto di persona» intervenne Charlie. «La settimana scorsa, Tray le ha chiesto gentilmente di lavorare sulle interviste per un'ora, dopo la scuola, e lei lo ha mandato al diavolo. Mi scusi per il linguaggio».

Tray sollevò una spalla, senza confermare né negare l'accusa.

Sapevo che era tutto parte del piano, ma *cazzo*. Non poteva scegliere una strada diversa? Una che non avesse un impatto sui miei voti?

«Non ho mai detto nulla del genere» affermai con sincerità. «Mi ha obbligata ad andare al ballo con lui per lavorare sul progetto». Okay, mi era bastato pronunciarlo ad alta voce per sentire quanto suonasse ridicolo. E, stando all'espressione dell'insegnante, era quello che pensava anche lei.

«Beh, visto che entrambi sembrate incapaci di collaborare, perché non restate in punizione dopo la scuola per una settimana? Avrete tutto il tempo di fare la pace e portare a termine il compito che vi ho assegnato» suggerì, inarcando un sopracciglio.

Merda.

A Clarissa non sarebbe piaciuto per nulla.

Non avevo mai ricevuto alcun richiamo, figuriamoci una punizione.

«Ottimo, sono contenta che siate d'accordo» disse Montgomery, senza darci il tempo di rispondere. «Ci vediamo dopo l'ultima ora. Ricordatevi i quaderni».

Fantastico, pensai con un sospiro mentale. *Grazie, Tray.*

Gli conveniva che il suo piano funzionasse. E soprattutto che ne valesse la pena. Perché se avevo appena accettato una settimana di punizione senza trarne alcun beneficio, gliel'avrei fatta pagare cara.

Attesi con impazienza che finisse l'ora. Volevo parlare con Tray e chiedergli una spiegazione. Ma non appena suonò la campanella, sparì in corridoio con gli altri studenti.

Fantastico, mi ritrovai a pensare ancora una volta.

Seguii le altre lezioni, sentendomi sempre più confusa e incazzata. Così, quando Tray mi trascinò in un'aula vuota poco prima di pranzo, lo aggredii, domandandogli a bruciapelo: «Che cazzo stai facendo?».

«Questo». Mi prese il viso tra le mani e mi spinse verso la parete accanto alla porta chiusa a chiave, reclamando la mia bocca con la sua.

Mi sciolsi istintivamente, sentendo le viscere trasformarsi in una poltiglia rovente.

Perché le labbra di Tray erano puro paradiso.

Gli affondai le dita tra i capelli, inarcandomi verso di lui, desiderosa di sentire il calore del suo corpo su ogni centimetro del mio. Stava diventando come una droga. Non avrebbe dovuto piacermi così tanto, avrei dovuto esigere una spiegazione per il suo comportamento. Ma non riuscivo a dire una parola, con la sua lingua in bocca.

Quando mi lasciò andare, stavo ansimando e mi sentivo bruciare.

«Hai un aspetto meraviglioso» sussurrò, accarezzandomi la guancia con la punta del naso. «Ci vediamo a lezione di nuoto».

«Aspetta». Gli catturai il polso prima che potesse andarsene, tirandolo verso di me. «Perché ci hai fatti mettere in punizione per una settimana?».

«È un'ottima scusa per vederci. Non preoccuparti, ho intenzione di lanciare un incantesimo a Montgomery in modo che possiamo parlare liberamente». Premette le labbra sulla mia tempia. «Dopo verrò a casa tua per aiutarti in tutto quello che ti serve, perché sono sicuro che la tua matrigna avrà una lunga lista di faccende».

Quando diceva cose del genere, era fin troppo evidente che mi conosceva meglio di quanto io conoscessi lui. E considerando che ci eravamo incontrati solo una settimana prima, non avrebbe dovuto essere così. «Come fai a saperlo?».

«Perché il Consiglio ti tiene d'occhio da anni, Ella. Mi hanno dato un intero fascicolo su di te, prima che arrivassi». Mi accarezzò la guancia. «Devo andare a pranzo. Possiamo parlare più tardi».

«Voglio vedere il fascicolo» furono le prime parole che pronunciai, dopo che Tray aveva steso Montgomery con un incantesimo. L'insegnante stava russando sommessamente, seduta alla cattedra, con la testa abbandonata all'indietro in una posizione che le avrebbe fatto venire i crampi al collo. Una parte di me avrebbe voluto sistemarla in una posizione più comoda. Poi mi ero ricordata della rapidità con cui aveva deciso di punirmi, nonostante fosse stata *lei* a costringermi a lavorare con Tray.

Sì, si meritava un bel torcicollo.

«Ma certo» disse Tray, rispondendo alla mia richiesta di vedere il fascicolo. «Te lo porto stasera».

Lo fissai stranita. «Davvero?».

Fece spallucce. «Ti dirò tutto quello che vuoi sapere, Ella.

E questo include condividere con te tutto quello che so sul tuo passato».

«Oh». Per qualche motivo, ero convinta che si sarebbe opposto. «Ehm... grazie». Aprii il mio quaderno, poi lo chiusi di nuovo. «Cosa facciamo, adesso?». Intervistarlo mi sembrava una stupidaggine. D'altro canto, però, avevo bisogno di qualche dettaglio per il compito. «Hai un fascicolo anche sulla tua copertura?».

«Ho alcuni documenti, se vuoi vederli. Ma quello che sanno tutti è che mi sono trasferito qui per vivere con quel recluso di mio zio, mentre i miei genitori si sono imbarcati per un'avventura di un anno in giro per il mondo. Non potevano aspettare che mi diplomassi». Sollevò le spalle. «È piuttosto semplice, in realtà. Mio padre è un investitore di una società finanziaria di Londra e mia madre è un'ereditiera di Chicago. Sono i proprietari della FAE Enterprises. Che, se cerchi su Google, esiste davvero. E sì, i miei genitori la possiedono sul serio. Ma hanno degli umani che gestiscono il consiglio di amministrazione».

«Cosa? Perché?».

«Perché siamo Fae di Mezzanotte, tesoro. È normale che interagiamo con i mortali».

«Per nutrirvi» mormorai.

Abbassò il mento in un cenno d'assenso. «Sì. Molti membri della mia specie hanno una copertura nel mondo umano. Aiuta a spiegare le nostre continue apparizioni. Ma tendiamo ad avere vari interessi in giro per il mondo, in modo da poterci nutrire in luoghi diversi. Il dominio di mio padre si estende sul Regno Unito e sulla costa orientale degli Stati Uniti. Chiunque appartenga a una dinastia reale, che pratica ciò che definiamo Magia Superiore, può nutrirsi in quelle zone. Aswad, un monarca che appartiene alla stirpe dei necromanti, possiede la parte meridionale degli Stati Uniti. Di conseguenza, chiunque padroneggi la Magia della Morte può fare quello che vuole in quell'area, e via così».

C'erano molte informazioni in quella piccola spiegazione.

Così tante che non sapevo da dove cominciare.

«Oh, okay». Mi schiarii la voce. «Esistono diversi tipi di magia nel mondo dei Fae di Mezzanotte?». Mi sembrava un buon punto da cui iniziare.

Tray annuì. «Ce ne sono molti. I principali sono Magia Superiore, Magia della Morte, Magia del Sangue, Magia Marziale e Magia dei Malefici. L'Accademia stessa è divisa in base ai tipi di magia praticata dagli allievi. In autunno, starò con Kols nella residenza riservata a chi studia Magia Superiore. Se deciderai di unirti a noi, vivrai lì anche tu».

«All'Accademia».

Un altro cenno d'assenso.

«Perché mia madre apparteneva a una famiglia reale?» domandai, in cerca di chiarimenti.

«Sì, anche lei praticava Magia Superiore». Appoggiò i gomiti sul banco, sporgendosi appena in avanti. Era seduto di fronte a me. «Le nostre linee di sangue sono le più vicine al cuore del nostro elemento oscuro. È per questo che facciamo parte dell'élite; siamo i più potenti di tutta la nostra specie. Ma anche gli altri gruppi hanno poteri e abilità molto particolari. La Magia della Morte, per esempio, è ciò che gli umani chiamano necromanzia».

«Invocano i morti» sussurrai, rabbrividendo.

«Sì, tra le altre cose». Si passò le dita tra i capelli e sospirò. «Ho ancora molto da spiegarti, ma la cosa più importante è che possiamo attingere ai tuoi doni».

«Ammesso che li abbia».

«Li hai». Ne sembrava così certo, come se non ci potesse essere un'alternativa. «Dammi la mano. Voglio mostrarti una cosa».

«Okay...». Obbedii, incuriosita.

Mi afferrò il polso e mi tracciò una linea sul palmo, con l'indice della mano libera. Formicolava di energia. Fremetti per le braci che corsero sulla mia pelle, scintille bluastre che danzavano a un ritmo ipnotico.

«Ecco come lo so» mormorò con un sorriso. «La mia magia ti riconosce come un tramite, confermando la tua appartenenza alla specie dei Fae».

«Cosa farebbe a un umano?».

Tray alzò le spalle. «Lo brucerebbe».

Ritirai la mano di scatto. «Lo hai fatto sapendo che sarebbe potuto essere doloroso?».

Tray ridacchiò. «No, l'ho fatto sapendo che *non* lo sarebbe stato, El. Sei una Halfling. L'ho percepito la notte in cui ti ho incontrata, e lo sento ancora. Dobbiamo solo capire perché il tuo talento è nascosto e liberarlo».

«Okay, per prima cosa, dacci un taglio con i nomignoli, sono...». Mi interruppi, scuotendo la testa. *Isabella. Ella. El. Tesoro. Piccola. Bleah.* «E poi, come proponi di farlo, mio caro guardiano fatato?».

«Guardiano fatato?» ripeté.

«Preferisci che ti chiami "Principe dei soprannomi"?» suggerii. «Perché è un giochetto che posso fare anch'io».

Sbuffò. «Tray va bene».

«E anche Ella».

Si grattò la mascella con aria assorta. «Cosa ne dici di Ella Bella?».

«Non pensarci neanche».

«Mi stai facendo venire voglia di baciarti di nuovo, *Ella*» disse sorridendo.

«In questo momento dovremmo imparare qualcosa, *Tray*».

«Oh, sarebbe sicuramente un'esperienza istruttiva. Fidati».

Alzai gli occhi al cielo. «Non scopriremo mai i miei talenti nascosti, se vuoi solo pomiciare con me».

«Al contrario, potrei essere in grado di stimolarli con qualche bell'orgasmo. Vogliamo mettere alla prova la mia teoria?».

Lo fulminai con lo sguardo. «Sul serio, che siano Fae o umani, i ragazzi pensano solo al sesso».

«Sono un uomo, non un ragazzo» chiarì. «E cosa c'è di male? Il sesso è divertente».

Significava che lo aveva già fatto.

Okay, lo avevo immaginato, dal modo in cui baciava. Ma sapere con certezza che aveva fatto sesso in passato mi causò un'ondata di nausea per un milione di motivi diversi.

Non solo era stato con altre ragazze, ma aveva anche delle aspettative.

Aspettative che forse non sarei stata in grado di soddisfare con la mia mancanza di esperienza.

Perché sto pensando a queste cose?

Avevo ben altro su cui concentrarmi. Come i miei poteri. E la mia vendetta. E il mio futuro incerto.

«Dimmi di più sull'Accademia dei Fae di Mezzanotte» lo esortai. Avevo bisogno di cambiare argomento.

Per fortuna, mi accontentò.

Mezz'ora più tardi, avevo una conoscenza approfondita dell'Accademia. «Quindi è come un'università per Fae». Aveva parlato di dormitori, esami, orari dei corsi, professori e persino di sport. «Con la differenza che ce n'è soltanto una».

«Ed è obbligatoria» aggiunse. «Tutti i Fae di Mezzanotte tra i venti e i ventiquattro anni devono frequentarla».

«Oh». Suonava vagamente minaccioso. «Anche gli Halfling?».

«Sì».

«Quindi non avrò scelta?».

«Non senza l'intervento del Consiglio». Si schiarì la voce.

«Ma è il tuo posto, Ella. Presto il tuo invecchiamento rallenterà, e quando i tuoi poteri verranno finalmente alla luce, vorrai stare con i tuoi simili per imparare a padroneggiarli. Non c'è motivo per *non* iscriversi».

«A meno che non voglia frequentare un'università umana» ribattei, incrociando le braccia sul petto e appoggiandomi allo schienale della sedia.

«Certo, ma perché mai vorresti farlo?».

«Magari mi piacerebbe avere la libertà di scegliere».

Mi rivelò con un'occhiata che sapeva che stavo facendo la difficile. Fuggire era lo scopo della mia vita, e mi aveva offerto l'opportunità perfetta per farlo. Perché rifiutare?

«Okay, diciamo che accetto». Alzai una mano per impedirgli di discutere. «E se non potessi accedere ai miei poteri? Che impatto avrebbe sulla mia iscrizione?».

«Sarebbe un problema» rispose. «Per questo ora ci impegneremo a liberarli».

TRAY

Un mese più tardi...

Ero seduto al solito tavolo e mio fratello era di fronte a me, intento a godersi il suo secchiello di ali di pollo. Ma io non riuscivo a pensare al cibo. «Ho provato di tutto, Kols. Non so più cosa fare».

Avevamo tentato tutti i trucchi che avevo imparato da bambino, arrivando al punto di affidarci anche ai libri di magia nera. A ogni tentativo, Ella era sempre più agitata. E la sua convinzione di essere priva di poteri cresceva di giorno in giorno.

Ma sapevo che erano dentro di lei, che erano lì da qualche parte.

Solo che non riuscivo a trovare la chiave per sbloccarli.

Kols si pulì le mani con il tovagliolo, mantenendo le sue solite formalità nonostante il locale non le richiedesse affatto. «Te lo dico io, T. Mordila e basta».

Fiammelle bluastre mi comparvero sulla punta delle dita,

la mia pazienza era ai minimi storici. «È la tua soluzione a tutto, non è vero?».

«Hai provato?».

«Certo che no. Darebbe inizio al processo di accoppiamento». Oh, i Fae potevano mordere gli umani quanto volevano senza effetti collaterali. Ammesso che non esagerassero e li prosciugassero, ovviamente. Ma mordere una Fae con un'allettante linea di sangue? Quello avrebbe creato una promessa eterna, a cui le femmine della nostra specie erano vincolate indipendentemente dalla loro volontà.

Non avrei mai fatto nulla del genere a Ella.

Nemmeno se me lo avesse imposto il Consiglio.

«Prima o poi dovrai morderla» mi fece notare Kols. «Perché non farlo ora e vedere cosa succede?».

«Okay. Non appena morderai Emelyn».

Lui si accigliò. «Le due cose non devono andare di pari passo».

Inarcai un sopracciglio. «Quindi mi stai dicendo che non vuoi ancora mordere Emelyn?».

«Vaffanculo. Lo sai che non voglio». Rabbrividì visibilmente. Bastava nominare la sua *promessa sposa* per rovinargli l'umore. I nostri genitori avevano organizzato il matrimonio più di dieci anni prima, costringendo le nostre famiglie a legare nel corso del tempo.

Ma Emelyn Jyn faceva sembrare Ryan una tenera e adorabile principessina.

«Per te ed Ella è diverso» aggiunse Kols. «A te la tua futura compagna *piace*».

Non riuscii a reprimere un sorriso. «Oh, dire che mi piace è poco». Nelle ultime settimane, tenere le mani a posto si era dimostrata una vera e propria sfida. Ma volevo darle il tempo di imparare a fidarsi di me e di abituarsi alla sua nuova realtà. Il modo in cui mi baciava era sempre più appassionato, confermando quello che provavamo l'uno per l'altra. Ma la situazione si stava ancora evolvendo.

Sbloccare il suo potere sembrava essere la chiave.

Kols bevve un lungo sorso d'acqua, poi disse: «Okay, quindi pensi che i suoi doni siano stati soffocati in qualche modo dalla sua adolescenza da incubo, giusto?».

Annuii.

«Perché non abbattere qualcuno di quegli ostacoli e vedere cosa succede?» suggerì. «Forse la scioglierà un po'».

Era un'idea da prendere in considerazione. Ma non sapevo come riuscirci senza compromettere il nostro piano. L'intera banda della Darlington Academy c'era cascata: erano tutti convinti che fossi il suo nuovo corteggiatore e carnefice. Ryan e Carmen assistevano in visibilio ai nostri tira e molla, chiedendosi come avrei fatto a portare a termine il gioco.

Ero costretto a parlare spesso con loro.

Ma almeno Ella era al sicuro dalle loro macchinazioni.

«Ci penserò» risposi dopo qualche istante, e dicevo sul serio. Avremmo potuto occuparci per prima cosa di Dash o Charlie, ma in modo subdolo, senza farci scoprire.

«Resto della mia opinione, T. Mordila».

Con un sospiro teatrale, presi il portafoglio e lasciai un paio di banconote sul tavolo. «Bene, sei stato molto utile» commentai, alzandomi in piedi.

Alzò e abbassò ripetutamente le sopracciglia in modo allusivo. «Hai sete?».

Sì. Nell'ultimo mese, non avevo alimentato abbastanza i miei impulsi più oscuri. Avrei dovuto rimediare al più presto. «Da cosa l'hai capito?» chiesi. «Dagli occhi?».

«E dall'umore». Aggiunse altri soldi sul tavolo e si alzò a sua volta. «In realtà, una bella bevuta non mi dispiacerebbe. Vengo con te».

«Come vuoi. Stavo andando in un bar in zona».

«Ho un'idea migliore» rispose. «Vieni con me, fratellino. So esattamente cosa ti farà stare meglio».

«Non solo abbiamo la stessa età, ma sono anche più alto di te» sottolineai, salutando Belinda con un gesto della mano. Poi seguii Kols all'esterno. «E non ho voglia di scopare». Beh, ce l'avevo, ma non con una persona qualsiasi. Volevo Ella. Solo e soltanto Ella.

«Beh, io sì». Mi condusse a un'auto sportiva di lusso, che aveva preso in prestito dal garage della nostra residenza a Darlington. Una delle nostre tante basi in giro per il mondo, dove stavo vivendo per frequentare la scuola. «Puoi nutrirti senza scopare, ma io lo farò nel modo più adatto alle mie esigenze».

Scossi la testa e presi posto sul sedile del passeggero. Mettermi a discutere sarebbe stato completamente inutile. Alla fine, mi avrebbe comunque convinto a uscire con lui.

«Puoi dire a Ella di unirsi a noi» suggerì, facendomi scaldare il sangue.

«In modo che possa vedermi mentre mi nutro da un'altra donna? Preferirei scopare un gargoyle».

Fece una smorfia. «Ahia».

«È così».

Kols mise in moto l'auto, poi si bloccò. La sua espressione si incupì. «Dovremmo portarla con noi».

«Ti ho appena detto...».

«Sì, ho capito. Ma rifletti sopra un secondo. Non riesce ad accedere ai suoi poteri, giusto? Perché beviamo sangue umano?».

Cazzo, pensai. «Perché non ci ho pensato?».

«Perché sei troppo impegnato a pomiciare con lei per essere lucido. Non che ti biasimi. È bellissima».

«Sì, ed è mia» gli ricordai. «Non farti strane idee».

«Non esattamente, T. Non l'hai ancora morsa» osservò, tamburellando con l'indice sul mento.

«Attento, K» lo avvertii. «Non vorrei essere costretto a spiegare a nostro padre com'è morto il suo adorato erede».

Ridacchiò, senza prendere sul serio la mia minaccia. «Chiama la tua promessa e invitala a giocare con noi, così potremo testare la nostra teoria».

Sarebbe stata una splendida conversazione.

Usciamo insieme a bere sangue, piccola.

Oh, sì! Che bello!

Come se fosse potuto succedere davvero.

Presi il telefono e digitai il suo numero. Finalmente aveva un cellulare anche lei, glielo avevo regalato dopo il nostro viaggio nel regno dei Fae di Mezzanotte. Mentre squillava, sospirai e mi preparai al peggio.

Ella acconsentì al nostro piano. E non dopo un'interminabile discussione, come mi ero aspettato. Aveva accettato immediatamente.

A quanto sembrava, era disperata quanto me.

Le lanciai un'occhiata, apprezzando il modo in cui il vestito nero e aderente, che le copriva appena le cosce, metteva in risalto le sue forme. Come nel caso del ballo, non possedeva nulla di adatto a una serata in discoteca. Così, avevamo fatto una sosta lungo la strada per il portale e si era scelta quell'abitino sexy. I capelli biondi erano legati in uno chignon disordinato ed era priva di trucco; ai piedi portava un paio di scarpe con i tacchi, nere come il vestito.

Perfetta.

Bellissima.

Mia.

Le diedi una stretta alla mano e mi portai il suo polso alle labbra.

Mi sporsi verso di lei per farmi sentire e le domandai:

«Tutto a posto, El?». "El" era diventato il mio nomignolo preferito. Nonostante all'inizio avesse protestato, avevo l'impressione che ora le sue guance si tingessero di rosa ogni volta che lo pronunciavo. Come se le piacesse che fossi soltanto io a chiamarla in quel modo.

«Sono ancora un po' scossa dall'esperienza con il portale» ammise, con le labbra sul mio orecchio. La musica rimbombava nel locale, rendendo difficile la conversazione. «Non riesco a credere che ce ne sia uno nella biblioteca di Darlington».

«Sono dappertutto» la informai. «E vengono usati da tutti i Fae, non solo da quelli della nostra specie». Un'intera rete per teletrasportarsi da un regno all'altro, ma richiedevano codici ben precisi. Se un umano si fosse imbattuto in un portale, avrebbe funzionato come un normale ascensore. Tuttavia, digitando dei codici di cui soltanto noi eravamo a conoscenza, si raggiungevano mondi e luoghi completamente diversi.

Nel nostro caso, ci eravamo avventurati a Londra, dal momento che nel Regno Unito era molto più tardi, l'orario perfetto per andare a ballare il venerdì sera.

Ella si guardò intorno, il suo cocktail era stato ormai abbandonato da tempo sul tavolino davanti a noi. La sua attenzione fu attirata da mio fratello, che stava ballando vicino al bordo della pista con una bella ragazza dai capelli scuri. Aveva le braccia avvolte attorno al collo di Kols, e stava spingendo il seno sul petto di lui in un chiaro invito. Quando le sorrise, notai la rigidità della sua espressione.

Voleva una sfida, non una facile conquista.

Quindi, dopotutto, forse anche lui si sarebbe limitato a nutrirsi.

«Tray?». Ella mi posò la mano sul petto e avvicinò di nuovo le labbra al mio orecchio. «Dovrai insegnarmi come... ehm... come si fa».

Le avvolsi un braccio attorno alla vita e la strinsi a me, in modo che fossimo fianco a fianco. «Guardiamo come si comporta Kols» le dissi all'orecchio.

«No». Si girò verso di me e afferrò il bavero del mio blazer. «Voglio che sia *tu* a mostrarmelo».

La fissai a bocca aperta. «Vuoi vedermi con un'altra donna?».

Ella aggrottò la fronte. «Cosa? *No*» disse con un'enfasi tale da confondermi.

«Cosa intendi, allora?».

«Mordimi» rispose. «Voglio sapere cosa si prova. E... e vedere come lo fai. Per capire. Cioè, i denti diventano più affilati?». I suoi occhi si spalancarono. «Hai delle zanne nascoste?».

Ridacchiai, nonostante il peso che mi opprimeva il petto. «No, El. Niente zanne».

La sua espressione sollevata non fece che alimentare il mio divertimento. «Beh, bene. Allora, me lo mostri?». Inarcò il collo per indicare cosa intendesse, poi arricciò il naso. «Ma non berne troppo».

«Okay, toglitelo dalla testa».

«Perché?».

«Perché non ho nessuna intenzione di farlo». E non mi sarei neanche nutrito di qualcuno davanti a lei. «Guardiamo Kols e basta». Stava conducendo la ragazza in un punto appartato del locale, dove l'avrebbe baciata appassionatamente. Pian piano, i suoi baci sarebbero scesi verso il collo, dove le avrebbe dato un piccolo morso. Per lei sarebbe stato come ricevere un succhiotto, e forse avrebbe avuto anche un orgasmo. Dipendeva dal suo livello di eccitazione prima del morso.

«Non voglio guardare Kols» sbottò Ella. «Voglio che mi mordi».

«No». *E mi rifiuto di continuare a discutere.* «Concentrati su...». Le catturai il polso, stava cercando di allontanarsi. «Dove stai andando?».

Lei si divincolò dalla mia presa e continuò a camminare senza dire una parola.

Alzai gli occhi al cielo e raccolsi tutta la pazienza di cui disponevo, poi la seguii. La trovai all'esterno del locale, sul marciapiede, diretta verso il portale da cui eravamo arrivati. «Isabella» dissi, cercando di afferrarla. Ma lei riuscì a schivarmi, per poi fare un mezzo giro su se stessa e conficcarmi l'indice nel petto.

«Non provarci nemmeno, Trayton Nacht. Se non vuoi mostrarmi come fare, me ne torno a casa».

Incrociai le braccia. «Ah sì? Come? Non conosci il codice e non sai come attivare l'ascensore».

Mi scoccò un'occhiata omicida. «Sei proprio uno stronzo, lo sai, vero?».

«Wow, siamo già tornati al punto di partenza?». Mi finsi scioccato. «E io che pensavo che ci sarebbe voluta almeno un'altra ora, prima che ti inventassi un modo per litigare con me».

Alzò la mano, ma riuscii ad afferrarle il polso prima che il suo schiaffo andasse a segno. La spinsi all'indietro verso un vicolo, bloccandola contro il muro. I miei poteri si attivarono, creando una sorta di cappa per nascondere il nostro litigio a chiunque passasse di lì. Una reazione naturale che avevo usato innumerevoli volte per nutrirmi, ma in quel momento non avevo alcuna intenzione di mordere Ella.

No, volevo strozzarla.

«Stavi davvero per colpirmi?» le domandai.

«Ti stai comportando da stronzo». Tentò ancora una volta di divincolarsi.

Premetti le cosce sulle sue e la ingabbiai tra le mie braccia. «Smettila, Isabella».

«Smettila tu, Trayton» ribatté lei, con gli occhi azzurri che scintillavano di furia e potere. «Se proprio vuoi che sia Kols a insegnarmi come mordere, glielo chiederò. Ma voglio una *vera* dimostrazione, non voglio stare a guardare dal tavolo dei bambini».

«Vuoi che mio fratello ti morda? È questo che stai dicendo?». Parlando, lingue di fuoco scoppiettarono sulla punta delle mie dita. «Sei completamente fuori di testa?».

«No, ma tu sì! Che senso ha portarmi qui, se poi non vuoi insegnarmi nulla?».

«Ci stavo provando, finché non te ne sei andata come una principessina che fa i capricci».

Trasalì. «Vaffanculo, Tray».

«Cosa ti prende?! Non ho fatto niente di male».

«Ti stai comportando da stronzo ostinato e non mi spieghi niente».

«Ma ti senti?» sbottai, esterrefatto. «Ho passato l'ultimo mese a fare esattamente il contrario».

«Allora perché non vuoi mordermi?» chiese. La sua espressione divenne improvvisamente sospettosa.

«Cazzo» mormorai, lasciando cadere la testa all'indietro. «È di questo che si tratta? È perché non voglio morderti?».

«No» rispose. Ma lo disse troppo in fretta per essere credibile. «È che non mi spieghi il motivo. Ti comporti in modo altezzoso, dicendo che me lo devo togliere dalla testa, che è meglio guardare Kols. Ma senza chiarire *perché* dev'essere così».

Le sue parole placarono la mia rabbia, perché mi avevano fatto capire quello che si stava rifiutando di dire.

Voleva sapere perché non avevo nessuna intenzione di morderla... perché *voleva* che la mordessi.

Le posai la mano sulla guancia e premetti la fronte sulla sua. «Ella, quando un Fae maschio morde una femmina con una linea di sangue compatibile, si avvia il processo di accoppiamento. Se ti mordo, diventerai mia. Per sempre. È irreversibile».

La sua unica reazione fu uno sbuffo.

«Tecnicamente, ci vogliono tre morsi» continuai. «Il primo avviene durante il periodo di frequentazione iniziale, il secondo rappresenta il fidanzamento e il terzo conferma l'accoppiamento per il resto della vita. E la procedura può essere iniziata soltanto dai Fae maschi». Un aspetto molto controverso, per i Fae di Mezzanotte.

Alle nostre femmine, almeno quelle che appartenevano alle famiglie più importanti, era concessa raramente la possibilità di scegliere. Anche la madre di Ella, che si era sposata con un umano, prima o poi sarebbe stata richiamata per adempiere ai suoi obblighi familiari.

Così come Ella sarebbe stata costretta ad accettare me.

Il fatto che volessi che mi scegliesse liberamente era una mia preferenza personale. Non tutti i Fae maschi la vedevano allo stesso modo.

Ma io e Kols eravamo stati cresciuti in modo un po' diverso. Nostra madre era appassionata ai "movimenti modernisti umani", come li chiamava lei.

«E... e il fatto che sia una Halfling?» mormorò Ella, con gli occhi azzurri spalancati fissi sui miei. «Sono comunque in parte umana».

«La tua ascendenza Fae prevale sul resto». Spostai la mano dalla sua guancia al fianco, stringendolo dolcemente, e appoggiai l'altro avambraccio sul muro, sopra la sua testa.

«Sei sicuro?».

Annuii. «L'ho percepito nel momento in cui ci siamo incontrati in quel vicolo, anni fa. Il tuo lignaggio reale era come un'energia vibrante che mi scaldava la pelle, contrassegnandoti come una potenziale compagna. È per questo che tendiamo a farci prendere la mano, quando ci baciamo».

Le sue pupille si dilatarono. «Perché il nostro sangue ci fa desiderare altro...». Un adorabile rossore le tinse le guance. «Altre cose».

Ridacchiai. «*Cose*?».

«Sai cosa intendo».

«Sesso?» suggerii. «Intimità?».

Non rispose, limitandosi ad annuire, ma il rossore si intensificò.

«Oh, Ella, non si tratta solo della nostra compatibilità magica». Feci scivolare la coscia tra le sue, stringendo la presa sul suo fianco. «Vogliamo di più perché siamo attratti l'uno dall'altra. La stirpe a cui apparteniamo è solo un piccolo pezzo del puzzle». Conoscevo molte coppie in cui uno dei due, solitamente la donna, disprezzava l'altro.

«Ma la nostra compatibilità alimenta la... la passione, giusto?». Tossicchiò. «Per questo voglio che tu mi morda?».

La sua domanda mi incendiò il sangue. «Vuoi che ti morda?».

Annuì, pur tremando, senza distogliere lo sguardo dal mio. «S... sì. Penso di sì».

«Lo vuoi, o lo volevi?» le chiesi, sollevando un sopracciglio. «Sapendo che ti legherà per sempre a me, presumo che tu intenda che lo *volevi*».

La sua lingua guizzò fuori per inumidirle le labbra, e vidi la sua gola contrarsi mentre deglutiva a fatica. «Lo voglio» sussurrò.

Il mio cuore si fermò. «Non credo che tu capisca, Ella. Se ti mordo, non potremo più tornare indietro».

«Ma ti renderà mio, giusto?» domandò.

Lo sono già, pensai. Ad alta voce, mi limitai a confermare con un: «Sì».

«Quindi è un impegno a doppio senso. È per questo che non vuoi mordermi? Perché non vuoi una compagna? Cioè, non vuoi *me* come compagna?».

Wow, era riuscita a ribaltare completamente la situazione.

Le mie labbra si schiusero senza che ne uscisse alcun suono. Perché non sapevo come rispondere. Non avrei mai immaginato di ritrovarmi ad avere quella conversazione proprio lì, a Londra, fuori da una discoteca. Tra l'altro, doveva avere freddo; dopotutto, era inverno. Eppure, le sue guance erano ancora tinte di rosa.

Perché è una Fae.

Mi domandai se si fosse resa conto della sua immunità al freddo che ci avvolgeva.

No, era troppo presa dalla discussione.

Pensava che non volessi reclamarla. Glielo leggevo in viso, nell'incertezza della sua espressione, nel modo in cui il suo labbro inferiore tremolava appena, come aspettandosi il mio rifiuto.

Com'erano cambiate le cose, in un mese.

E com'erano cambiate in un'ora!

Dieci minuti prima, aveva tentato di schiaffeggiarmi. Ora voleva che la mordessi.

«Voglio una compagna» dissi dolcemente. «Tutti i Fae maschi desiderano il legame, ma spesso è unilaterale. L'organo che regola la nostra società, il Consiglio, stabilisce gli accoppiamenti tra i membri delle famiglie reali. Kols, per esempio, è fidanzato con Emelyn Jyn. Ma si odiano».

Beh, non era del tutto vero. Emelyn non vedeva l'ora di scopare con Kols. Tuttavia, la sua famiglia era nota per l'uso del sesso come mezzo per manipolare i propri compagni.

Fortunatamente, mio fratello ragionava più con il cervello che con il cazzo.

«Oh». Ella arricciò il naso, il suo corpo si irrigidì. «Aspetta. Questo significa che sei già promesso a qualcuno?».

«Sì». Abbassai il braccio appoggiato al muro, avvolgendole il palmo attorno alla nuca. Vedevo già la rabbia che le ribolliva nello sguardo, le supposizioni che le si stavano formando nella mente. Le annientai con un'affermazione che avrebbe distrutto il nostro tenue legame, o che lo avrebbe rafforzato.

Speravo davvero che si trattasse della seconda.

«Il Consiglio mi ha assegnato a te, Ella. Sei *tu* la mia promessa sposa».

ELLA

SEI TU LA MIA PROMESSA SPOSA.

Quelle parole continuavano a riecheggiarmi nella mente, mentre la mia bocca si aprì e si chiuse senza emettere un suono.

Un fremito mi corse lungo la schiena, inseguito da un brivido di consapevolezza.

«È per questo che sei qui» riuscii a farfugliare dopo qualche istante. «È per questo che vuoi aiutarmi. Ti ha costretto il Consiglio».

Sbuffò. «Sono qui perché lo voglio. A differenza di mio fratello, mi sono state offerte delle opzioni per l'accoppiamento. Ho scelto te».

Sbattei le palpebre, stranita. *Cosa?* «Quando?».

«Sei mesi fa».

Okay… questo era… beh, inaspettato. «Perché?» gracchiai. All'epoca, non mi conosceva nemmeno. A parte quell'incontro fugace nel vicolo. Che però non faceva testo.

«Perché ho scelto te?» mi domandò, con lo sguardo che frugava nel mio.

Sì, può rispondere a quello. Annuii, perché parlare richiedeva aria, e io avevo dimenticato come fare a respirare.

Lasciò andare la mia nuca e si strinse la sua, ma l'altra mano rimase sul mio fianco. «È complicato». Mi aspettavo che la sua risposta si limitasse a quello, ma mi sorprese continuando a dire: «La sera in cui ci siamo incontrati per la prima volta, eri completamente a pezzi. Non avevo mai visto nessuno ridotto così. Sono rimasto senza fiato. E sono stato travolto da una rabbia mai provata prima. Volevo uccidere l'umano responsabile di tutto quel dolore. Ma non potevo. Così, ti ho seguita fino a casa per assicurarmi che fossi al sicuro. E ho riferito tutto al Consiglio. Avevo capito immediatamente chi fossi, grazie al tuo sangue; la tua stirpe è tra le più celebri. Mio padre si è occupato personalmente della tua situazione. Hai visto i suoi appunti nel fascicolo».

Ripensai ai documenti che mi aveva dato il mese prima e annuii. C'erano dei rapporti dettagliati sulla morte dei miei genitori e sugli anni trascorsi con Clarissa. Le prime note non facevano commenti sul mio trattamento, limitandosi a rilevare che la famiglia con cui vivevo non aveva problemi economici e che avrei ricevuto un'educazione umana.

Solo negli ultimi due anni erano incluse informazioni su Ryan, Carmen, Dash e Charlie.

«Beh, il tuo fascicolo mi è stato consegnato circa sei mesi fa, in quanto potenziale candidata. E quando ho letto tutto quello che hai dovuto sopportare, ho sofferto ancora una volta per te. Ma poi, soffermandomi su alcuni dettagli, ho capito che sei una combattente. Ho visto come hai affrontato ogni situazione con grazia e determinazione. E allora ho capito che sei la persona giusta per me». Si tolse la mano dal collo, lasciandola ricadere lungo il fianco. «Cazzo, credo di averlo capito già dalla sera in cui ci siamo incontrati. Il tuo tocco era magico. In diciassette anni di vita, non avevo mai provato nulla di simile. E non l'ho mai dimenticato».

Diciassette anni? «Aspetta... quanti anni hai?».

Aggrottò la fronte. «Venti, perché?».

«Non mi ero resa conto che sei più vecchio di me».

Un'ammissione che mi restituì un minimo di lucidità. «Quanto so davvero di te?».

Mi lanciò un'occhiata incerta. «Abbiamo passato l'ultimo mese insieme. Ti ho raccontato ogni dettaglio della vita dei Fae e della mia storia personale. Direi che ne sai parecchio».

«Ma non sapevo quanti anni hai o che, a quanto pare, il Consiglio dei Fae ci ha promessi l'uno all'altra». Mi accigliai. «Dirlo ad alta voce lo fa sembrare ancora più folle».

«Perché sei cresciuta nel mondo umano, dove i mortali si frequentano per mesi o addirittura per anni, si sposano, divorziano e ricominciano da capo».

«Stai generalizzando. Non tutti divorziano» gli feci notare.

«Ma passano un tempo infinitamente lungo, soprattutto considerato quanto breve sia la loro esistenza, a frequentarsi prima del matrimonio».

Okay, non aveva tutti i torti, ma... «Di nuovo, non tutti».

«Comunque, quello che sto cercando di dire è che i tuoi standard sono dettati dalla tua esperienza umana. I Fae sono molto diversi».

Arricciai le labbra di lato, il ricordo di un suo commento sul matrimonio dei miei genitori mi assillava. «Hai detto che mio padre non sarebbe stato in grado di voltare pagina, se fosse stato un Fae».

«Esatto. Perché i Fae si accoppiano per la vita».

«Cioè, se mi mordi, staremo insieme per sempre».

«Sì, è quello che stavo cercando di spiegarti».

«E tu non hai voluto mordermi, anche se siamo promessi sposi» aggiunsi, aggrottando la fronte. «È perché non sei pronto?».

«No, è perché volevo che comprendessi le implicazioni del mio morso. A differenza di molti maschi della mia specie, non credo che sia giusto imporre un legame di accoppiamento alla mia promessa».

Le mie sopracciglia si sollevarono. «È quello che fanno i Fae maschi?».

«Fin troppo spesso» mormorò, lanciandosi un'occhiata alle spalle, verso un gruppetto di uomini che si avvicinavano al locale.

Mi ero quasi dimenticata di ciò che ci circondava. «Ci hanno sentiti?» gli domandai. Ma no, si sarebbero fermati. Sentire due persone parlare dei Fae non era una cosa da tutti i giorni.

«No, ci sto occultando alla vista dei mortali» rispose in tono assente. «Ma è meglio se torniamo a Darlington. Oppure possiamo andare all'appartamento della mia famiglia qui in città. Si sta facendo tardi».

«E Kols?».

Tray sorrise. «Oh, non preoccuparti per lui. O è passato a un'altra, o gli è bastata la ragazza mora. Comunque sia, sa badare a se stesso».

«Ma non avevi detto che era fidanzato con Emma?» chiesi, lasciando che mi allontanasse dal muro e mi conducesse sulla strada principale.

«Emelyn» mi corresse. «Sì, lo è. E la odia da morire, quindi ha voglia di divertirsi finché può».

«Ma se la odia, perché vuole accoppiarsi con lei?».

«È normale, nelle famiglie reali» rispose. «Kols è il futuro Re dei Fae di Mezzanotte. E ha la responsabilità di generare un successore. Non può farlo con chiunque».

«Quindi deve accoppiarsi con una ragazza che odia?». Mi sembrava ridicolo. «Quanto sono antiche le vostre regole?».

«Rispetto alla nascita della civiltà umana? Molto». Mi guardò di sottecchi, e un lampo di qualcosa che non capii gli attraversò il viso. «Mia madre è molto progressista e sta cercando di far cambiare idea a mio padre sul futuro di Kols. Finora, però, non ha avuto molta fortuna».

Fermò un taxi, poi scagliò un incantesimo che creò una

sorta di atmosfera ovattata, in modo che potessimo continuare a parlare liberamente. E si lanciò in una lunga spiegazione del sistema politico dei Fae di Mezzanotte.

Quello che capii, era che i maschi governavano e le femmine non venivano coinvolte in alcun processo decisionale. E l'ultima parola spettava al Consiglio, soprattutto per quanto riguardava ogni aspetto della vita delle famiglie reali. Ebbi l'impressione che si trattasse di un modo per tenere sotto controllo i Fae più potenti.

«Mi sorprende che nessuno protesti» dissi, uscendo dal taxi. Ero talmente assorbita dalle parole di Tray da non aver notato quanto fosse durato il viaggio. E non riconobbi minimamente l'edificio in cui mi condusse.

Si fermò alla reception per firmare qualcosa, poi mi guidò verso un ascensore che immaginai fosse un altro portale.

Ma invece inserì una scheda magnetica nel pannello e premette il pulsante in cima.

«È un sistema in vigore da centinaia di anni» rispose infine, riferendosi alla mia domanda sulle proteste. «Solo la stirpe di Aswad ha osato metterlo in discussione».

«Aswad?».

«Il Re della Magia della Morte» mormorò. «È quello che si potrebbe definire il diretto avversario di mio padre».

«Oh». Mi massaggiai le tempie. Lo facevo spesso, quando Tray parlava del mondo dei Fae e di tutte le sue strane sfumature.

Era meglio della scuola, comunque. Su questo non c'erano dubbi.

L'ascensore si aprì su un atrio di marmo lucido che conduceva a un ampio salotto. Le finestre, che andavano dal soffitto al pavimento, si affacciavano su quello che sembrava una specie di patio.

Mi guardai lentamente intorno, stranita. «Un attimo. Siamo ancora a Londra?». Quel posto era *enorme*.

Tray ridacchiò. «Sì. È una delle proprietà più prestigiose della mia famiglia. Stanotte possiamo restare qui, e domani mattina torniamo a Darlington. A meno che non pensi che Clarissa se ne accorga...?».

«Se anche fosse, non le importerebbe». Finché sbrigavo tutte le faccende che mi assegnava, non le importava come passassi il tempo.

Scesi la scalinata di marmo, raggiungendo un morbido tappeto bianco, e mi diressi verso le finestre, scalciando via le scarpe lungo il tragitto. «Wow» mormorai, ammirando il patio che si estendeva al di là del vetro. «Dove siamo, esattamente?».

«Vicino Hyde Park».

Ciò spiegava gli alberi in lontananza. Le luci della città illuminavano parte del verde, regalando una vista rilassante. «È bellissimo».

«Sì» mormorò. «Mia madre viene qui spesso».

«Da sola?».

«Mio padre è sempre molto impegnato con il Consiglio» spiegò, avvicinandosi alle mie spalle e passandomi un bicchiere d'acqua.

Dando un'occhiata nell'angolo della stanza, mi accorsi che c'era una sorta di angolo bar. Doveva aver preso l'acqua da lì. «Grazie».

Mi baciò la spalla nuda. «Grazie a te di essere qui».

«Dove potrei essere, altrimenti?» domandai, sorseggiando l'acqua.

«Darlington?» suggerì, inarcando un sopracciglio.

Sbuffai. «Preferisco di gran lunga questo».

«Pur sapendo tutto quello che sai sul mio mondo? Pur sapendo che non hai scelta e che dovrai essere la mia compagna, perché l'ha deciso un consiglio di Fae?».

«E che tu hai scelto me, assicurandoti che non abbia

nessun'altra opzione?» aggiunsi. «Un aspetto che, tra l'altro, mi hai tenuto nascosto per tutto il mese trascorso insieme».

Ebbe la decenza di fare una smorfia. «Sì, anche quello».

Svuotai il bicchiere, poi lo posai sul tavolo di vetro accanto al salottino. «Nella vita ci sono cose peggiori» mormorai, trascinando le dita sullo schienale del divano di pelle. «Perdere i miei genitori. Avere a che fare per cinque anni con Clarissa, Ryan e Carmen. I giochetti di Dash e Charlie».

Certo, sembrava tutto molto banale, se paragonato a quello che mi aveva rivelato Tray sul mondo dei Fae. Eppure, in qualche modo, ciò che avevo affrontato fino a quel momento aveva anestetizzato le mie reazioni.

Avrei dovuto fuggire da lì urlando.

E invece, mi ritrovai a girarmi verso il ragazzo destinato a essere mio.

Che non mi dispiaceva per nulla.

Non mi aveva morsa perché aveva a cuore la mia libertà di scelta. Nonostante, tecnicamente, non avessi voce in capitolo, desiderava comunque che fossi d'accordo.

«Cosa faresti, se rifiutassi di legarmi a te?» gli domandai.

Un guizzo di braci ardenti illuminò i suoi occhi scuri. «Mi impegnerei ancora di più per farti cambiare idea».

«E se non funzionasse?».

Mi osservò per un lungo istante, poi sorrise. «Funzionerà. Prima o poi».

«Come fai a essere così sicuro?» insistetti. «Forse sceglierò di rimanere nel mio mondo, di andare all'università, di trovare un bravo ragazzo da sposare con cui avere figli umani».

La sua espressione mi disse che quella prospettiva non gli piaceva, ma il suo tono rimase calmo, quando rispose: «Allora aspetterò finché il tuo tempo con lui non sarà terminato, e ci riproverò».

«E nel frattempo cosa farai?».

Fece un passo avanti. «Perché vuoi parlare di queste cose, Ella? Per mettermi alla prova? Per essere crudele?».

Trasalii per l'accusa che mi aveva rivolto. Non era mia intenzione fare nulla del genere. Volevo solo...

Mi prese il mento tra pollice e indice in una stretta che non era particolarmente dolorosa, ma nemmeno delicata.

«Cosa vuoi che ti dica?» continuò. «Quale promessa hai bisogno di sentire? Che non ti costringerò mai a stare con me? Perché penso che le mie azioni lo abbiano già dimostrato. Che farò tutto il possibile per aiutarti? Per addestrarti? Per proteggerti? Di cos'altro hai bisogno per *conoscermi*? Tempo? Altri baci? Qualsiasi cosa sia, te la darò. Ma ho bisogno che tu me lo dica, Ella. Anche se significasse vederti sposare un mortale, come hai suggerito con tanta disinvoltura».

Okay, wow, evidentemente avevo toccato un nervo scoperto.

Che poi, sì. Ero stata un po' stronza a dirlo.

In realtà, non ero nemmeno particolarmente turbata. C'erano destini ben peggiori che ritrovarsi promessa a Trayton Nacht.

In fin dei conti, aveva ragione. Nonostante il nostro inizio difficile, aveva dimostrato di avere a cuore i miei bisogni. Si era iscritto alla Darlington Academy, l'anticamera dell'inferno, solo per conoscermi.

No, non per quello.

Per aiutarmi.

Per proteggermi.

Per insegnarmi tutto quello che avevo bisogno di sapere.

Non potevo negare l'attrazione che sentivo verso di lui, il modo in cui il mio corpo reagiva a ogni suo tocco. *C'era* una connessione tra noi. Un magico filamento di elettricità che ronzava dentro di me ogni volta che i nostri occhi si incontravano, proprio come in quel momento.

Un'intensità che mi scaldava le viscere, scatenando uno sciamare di farfalle nel mio ventre.

Mi faceva sentire stordita e inebriata allo stesso tempo, la mia anima era ubriaca di Trayton. Diedi la colpa a quella sensazione per i miei impulsi irrazionali e per le parole che mi risalirono la gola.

Che male poteva fare? Eravamo già destinati a stare insieme. Perché non vedere cosa significava davvero?

Non avevo nulla da perdere.

Non avrei voluto essere in nessun altro posto.

Non c'era un altro futuro che mi attendeva.

Solo il mondo dei Fae di Mezzanotte. E quel ragazzo che affermava di essere mio.

«So cosa voglio da te, Tray» mormorai dolcemente.

«Dimmelo». Il modo in cui rispose, così rapido e sicuro, rafforzò la mia determinazione. Perché sapevo che diceva sul serio. Qualsiasi cosa desiderassi, lui l'avrebbe fatta. Per me. Nonostante le tradizioni arcaiche che caratterizzavano la sua specie, c'era un aspetto che avevo finalmente iniziato a capire.

I Fae di Mezzanotte prendevano molto sul serio i loro compagni, che li avessero scelti o meno.

Il loro legame durava tutta la vita.

Era una relazione forgiata nel sangue.

Una promessa eterna.

Era così diverso da ciò a cui avrebbe potuto aspirare qualsiasi relazione umana. E perché avrei dovuto volerne una, quando potevo avere un Fae che mi incendiava il sangue? Quando potevo *scegliere* Tray?

«Mordimi» sussurrai, avvolgendo la mano attorno al suo collo. «Voglio che tu mi morda, Trayton Nacht».

TRAY

UNA SENSAZIONE DI CALORE MI AVVOLSE IL PETTO, la promessa contenuta nelle sue parole mi fece battere forte il cuore. «Sei sicura?» chiesi con voce roca.

«Sì». Nessun accenno di apprensione o incertezza. Solo pura fiducia. «Voglio che mi mordi. Adesso».

Sorrisi. «Ma come siamo esigenti...». Non che mi dispiacesse. Le afferrai i fianchi e la tirai verso di me.

«Hai detto che sei mio» mormorò, conficcandomi le unghie nella nuca. «È ora che tu mi faccia tua».

«Sono colpito dal tuo coraggio» ammisi, sfiorandole lo zigomo con il naso. «Molti, nella tua posizione, sarebbero fuggiti a gambe levate».

«Non sono mai stata come gli altri». Inarcò il collo, esponendo la gola. «E mi va bene così».

«Anche a me» concordai. Le mie labbra le accarezzarono la pelle, là dove il suo battito pulsava.

Era rimasto miracolosamente costante, calmo come il suo respiro. Il suo corpo si era adagiato serenamente sul mio.

Tutti segnali di una compagna disponibile e consenziente.

Tutto ciò che desideravo.

Rabbrividii, e per un attimo non riuscii a crederci. Mi domandai se stessi per svegliarmi, rendendomi conto che si era trattato soltanto di un sogno. Ma il suo dolce profumo mi ancorò alla realtà, confermando la sincerità dei suoi sentimenti.

Mia, pensai, sfiorandole la gola con la lingua.

Scivolai con una mano verso la parte inferiore della sua schiena, mentre l'altra affondava tra i suoi capelli. E finalmente il suo respiro si fece più affannoso. Non per la paura, ma per l'eccitazione. Una reazione che mi spinse a procedere, incoraggiandomi ad agire.

Avevo morso tantissimi umani.

Ma mai un Fae.

Mi sembrò naturale prolungare il momento, come un modo per ricordare per sempre la mia prima Fae. *L'unica*. Quel marchio l'avrebbe resa mia, e tutti gli altri membri della nostra specie lo avrebbero percepito.

Sarebbe diventata off-limits.

E anch'io.

Il fatto che avesse acconsentito, pur essendo così giovane, dimostrava la sua vera natura. Aveva accettato prontamente il destino che ci legava, come avrebbe fatto la maggior parte dei Fae di Mezzanotte, trovandosi nella stessa posizione. L'attrazione che provavamo l'uno per l'altra non faceva che rendere la nostra compatibilità di sangue ancora più intensa. Era quello il motivo per cui avevo scelto proprio lei: la compatibilità che avevo percepito la prima volta che l'avevo incontrata, e di cui avevo compreso le ragioni leggendo il suo fascicolo.

Era la compagna perfetta per me.

E avrei passato il resto della vita ad assicurarmi che non si pentisse della sua decisione.

Le baciai il collo, adorandola per avermi permesso di rivendicarla. «Grazie» sussurrai. «Grazie della tua fiducia».

I miei denti le si conficcarono nella pelle prima che potesse rispondere.

Gemette il mio nome e mi avvolse un braccio attorno alla schiena, mentre la mano opposta accentuò la presa sul mio collo, tenendomi stretto a lei. Non che ce ne fosse bisogno. Il primo assaggio della sua deliziosa essenza mi imprigionò. La mia bocca era incapace di allontanarsi, la mia gola si contraeva disperatamente per assorbire più sangue possibile.

Fummo circondati da un vortice di potere.

L'elettricità attraversava le nostre membra.

Il legame si consolidò immediatamente. La sua psiche e la sua mente si unirono alle mie in un giuramento di sangue. Fui invaso dalla possessività e dal bisogno di reclamare ogni centimetro di lei, che mi ottenebrarono la ragione come una coltre oscura.

Il mio palmo scese dalla sua schiena al sedere e lo strinse.

Il gemito con cui reagì mi fece soffocare un ringhio sul suo collo.

«Di più» ansimò. La sua mano era una morsa intorno alla mia nuca. «Di più, Tray».

La sollevai da terra e la spinsi verso la parete. Le sue gambe mi circondarono la vita, posizionando il suo sesso rovente proprio dove lo volevo.

Il vestito le si arrotolò sui fianchi, lasciando le cosce scoperte.

E la liberai con uno strappo della biancheria intima, permettendomi di sentire il desiderio che le bagnava quel dolce punto che non vedevo l'ora di assaggiare.

Lei non si trattenne, muovendo disperatamente le cosce, strusciandosi sul mio inguine.

Il morso di un Fae di Mezzanotte rendeva il piacere molto più intenso, ma in quella situazione non si trattava soltanto dell'inizio del processo di accoppiamento. La Fae che si annidava dentro di lei voleva uscire allo scoperto e reclamare il suo uomo, così come lo bramava il mio.

Le liberai il collo, rimarginando la ferita con la lingua e con un pizzico di magia. Poi mi avventai sulla sua bocca.

Lei mi baciò come se ne avesse bisogno per respirare.

E io ricambiai, dandole tutta la vita di cui aveva bisogno.

Il mio blazer finì a terra, le mani di Ella mi esplorarono la schiena. Le catturai il viso tra i palmi delle mie, dettando l'intensità del nostro bacio, e lasciai che decidesse cosa sarebbe venuto dopo.

Ogni strusciata sul mio sesso faceva scintille. Letteralmente. La mia magia era fuori controllo. Volevo solo affondare nel suo umido calore, immergere la mia eccitazione nella sua, darle tutto me stesso.

Ero suo.

Ogni leccata, ogni morso e ogni bacio suggellavano la promessa tra le nostre anime.

«Portami a letto» sussurrò.

Un fremito mi percorse la spina dorsale, e i miei piedi si mossero prima ancora che le mie mani potessero afferrarle i fianchi. Lei si aggrappò a me con le cosce, il suo desiderio era una presenza vischiosa che non vedevo l'ora di assaporare.

La stesi sul mio letto. Lo usavo raramente, ma ora avrei messo a dura prova la sua resistenza. Mi misi sopra di lei, sostenendomi sulle braccia, mentre le sue dita si avventavano sui bottoni della mia camicia. Li fece praticamente saltare via, smaniosa di arrivare alla mia pelle. Il suo sguardo di apprezzamento mi accarezzò il torso, alimentando il mio desiderio a ogni secondo che passava.

La aiutai a sfilarmi la camicia, e sorrisi quando mi spinse sulla schiena, premendo la mano sul mio petto. Le sue labbra assaggiarono la mia mascella, il collo, i pettorali, gli addominali. Ogni bacio era una seducente carezza che mi incendiava ancora di più il sangue.

Quando raggiunse la cintura, le mie dita affondarono tra i suoi capelli e li strinsero. Alzò lo sguardo su di me, i suoi occhi azzurri erano pieni di domande. «Decidi tu cosa fare» la rassicurai. Non volevo prendere nulla che non fosse felice e sicura di darmi.

Fece scattare la fibbia.

Poi il bottone.

E aprì la cerniera.

«Cazzo» ansimai. Ogni centimetro del mio corpo ardeva per lei. Sarebbe stato così semplice spingerla sulla schiena, assumere il controllo, sfilarmi i boxer e scivolare nel calore che mi attendeva tra le sue cosce.

Leccò la pelle sensibile appena al di sopra dei miei pantaloni, poi iniziò ad abbassarli. Un movimento che la obbligò a spostarsi di lato, regalandomi una splendida visuale del vestito sollevato e della dolcezza che vi era al di sotto.

Le mie membra si irrigidirono. Il mio desiderio lottava contro la determinazione a lasciarle il controllo in quegli istanti preziosi.

Ma i suoi riccioli biondi invocavano la mia lingua.

Le mie mani.

Le mie dita.

Il mio *cazzo.*

Soffocai un gemito, stringendo i pugni. *Mi ucciderà*, conclusi. *Morirò. Ne sono sicuro. Morirò perché non posso...*

«*Ella*». Mi inarcai sul materasso, trasalendo per il suo tocco inaspettato.

Non aveva perso tempo. Aveva avvolto il palmo attorno alla mia erezione e la stava accarezzando da sopra i boxer. «Dovrai insegnarmi».

«Te la stai cavando benissimo da sola» la rassicurai, con gli addominali che si tendevano.

Lei proseguì con la sua sensuale tortura, che probabilmente considerava una semplice esplorazione, trascinando le unghie verso l'alto e verso il basso, come a memorizzare le mie dimensioni.

Quando si fermò, sibilai. La tentazione di afferrarla mi stava quasi per sopraffare.

Finché l'aria non mi accarezzò l'inguine.

Il suo sussulto mi strappò un sorriso. Un suono così bello per il mio ego.

I miei boxer si unirono al resto dei vestiti sul pavimento. Mi ero già tolto le scarpe prima di salire sul letto, restando solo con i calzini. Feci sparire rapidamente anche quelli.

Di solito, preferivo che fosse la donna a spogliarsi per prima.

Ma c'era qualcosa nel modo in cui Ella mi stava ammirando, che mi spinse a considerare il suo approccio di gran lunga migliore.

Si chinò per leccare la punta del mio sesso. Il suo mugolio di approvazione mi *uccise*. «Ella» dissi con voce strozzata. «Piccola. Se lo fai...». Ingoiai un'imprecazione quando me lo prese in bocca.

Afferrai le lenzuola, imponendo al mio cazzo di comportarsi bene e lasciarla giocare. Ma era così difficile controllarsi...

Un mese di baci spinti mi aveva portato al limite. E non era servito a nulla cercare un po' di piacere da solo. Nonostante lo avessi fatto spesso, anche quella stessa mattina. Fantasticando proprio su quello che stava facendo Ella.

Le accarezzai automaticamente i capelli, i miei muscoli stavano reagendo nonostante la mia mente volesse lasciarla fare. Un'imposizione che andava contro tutti i miei istinti.

Non.

Posso.

Resistere.

Ancora.

A.

Lungo.

Il mio orgasmo si stava avvicinando troppo in fretta, costringendomi ad allontanarla da me prima di fare qualcosa di imbarazzante. Le sue proteste morirono in un soffio, quando la feci stendere sulla schiena, con la mia coscia premuta tra le sue. «Ho bisogno di assaggiarti, Ella» le mormorai sulle labbra. «Di assaporarti *davvero*».

Tracciai un sentiero di baci scendendo dalla sua gola al seno, mentre la mia mano cercava la cerniera dell'abito, che sapevo essere posizionata sul lato. Abbassai in fretta il tessuto che mi impediva di esplorarla a mio piacimento.

Lei non protestò, e i suoi capezzoli si indurirono non appena li liberai dal vestito. Ne catturai uno tra i denti, mordicchiandolo e succhiandolo e adorando il modo in cui le mie premure le fecero sollevare la schiena dal letto. Il mio nome abbandonò le sue labbra con un suono aspro che mi suscitò un sorriso.

Rivolsi la mia attenzione all'altro seno, dandole con la lingua quello che desiderava, mentre continuavo ad abbassarle il vestito sui fianchi. «Mi piace quando sei senza reggiseno» ammisi in un sussurro.

«Solo con certi vestiti». Le sue dita si avvinghiarono ai miei capelli. «Le spalline possono essere... un problema».

«Mmm» mormorai. «Un bel problema». Continuai a scendere sempre più in basso, trascinando anche il tessuto, finché non fu completamente nuda. «Allarga le cosce per me, Ella. Invitami a divorarti».

Le brillarono gli occhi. Obbedì lentamente, con un'espressione di sfida.

Sembrava che la camera da letto fosse l'unico posto in cui non si metteva a discutere per tutto.

Buono a sapersi.

Non persi tempo e la introdussi alla mia lingua, felice di

poter assaporare la sua dolcezza per tutta l'eternità. E glielo dimostrai con ogni lenta e tenera carezza, su e giù, dentro e fuori, ancora e ancora.

Praticamente vibrava sotto la mia bocca. Il suo piacere aumentò e si espanse fino a raggiungere un'altezza che non aveva ancora sperimentato.

Durante tutte le nostre sessioni precedenti, si strusciava sulla mia coscia e talvolta sulla mia mano, restando sempre vestita.

Quello che stavamo facendo era una novità.

Anche se le sue grida mi fecero capire che sarebbe diventata un'attività frequente.

«Vieni per me, Ella?» le chiesi sul suo bocciolo sensibile, con le dita che scivolavano nel suo sesso per prepararla al mio.

«Tray...». Deglutì, lasciando cadere la testa all'indietro in un modo sensuale che mi invitava a morderla di nuovo. «Ti prego, Tray».

«Oh, mi piace sentirti implorare» commentai, leccandola di nuovo. «Penso proprio che non sarà l'ultima volta». Per il momento, però, le diedi quello di cui aveva bisogno, sigillando le labbra intorno al punto che sapevo l'avrebbe spinta oltre il limite.

Venne con un urlo che fece impallidire tutte le mie fantasie.

Perché Ella in preda alla passione era lo spettacolo più bello che avessi mai visto.

Non si tratteneva.

Non si tirava indietro di fronte al piacere.

Si godeva ogni istante.

«Wow» ansimò, tornando in sé e accasciandosi sul letto, con i capelli sparsi in un'onda lucente che attirava le mie dita.

Mi misi sopra di lei e la baciai appassionatamente, facendole assaggiare il suo sapore con la lingua.

Mugolò in risposta, un suono eccitato che fece pulsare la mia erezione.

«Sei sicura di voler continuare?» le domandai dolcemente, tenendole il viso tra le mani e guardandola negli occhi. «Possiamo fermarci, El. La decisione è tua».

Fremette, aveva le pupille dilatate.

E poi avvolse le gambe attorno alla mia vita, posizionandomi direttamente sul suo sesso.

«Vacci piano con me» sussurrò.

«Farò sempre e solo ciò di cui hai bisogno» giurai, suggellando la mia promessa con un bacio.

Gemette quando scivolai dentro di lei, aprendola lentamente, e sussultò quando raggiunsi la barriera che la rendeva ancora intatta. Mi spinsi oltre, sapendo che le avrebbe fatto male e promettendole in silenzio di migliorare la situazione, non appena si fosse abituata.

Le sue unghie mi graffiarono la schiena.

Il suo respiro si fece affannoso.

Il suo corpo si irrigidì intorno a me.

Feci una pausa, sollevando la testa per osservare la sua espressione, notando agonia e piacere mescolarsi sui suoi lineamenti.

Quando deglutì e annuì, continuai, prestando molta attenzione alle sue emozioni in continuo mutamento.

Preoccupazione.

Accettazione.

Confusione.

Piacere.

Schiuse le labbra, da cui sfuggì un debole sussulto quando uscii e rientrai, permettendole di sentire la pienezza della mia presenza. Impostando un ritmo tranquillo. Facendo l'amore con lei. Venerandola. Reclamandola. Lasciando che anche lei possedesse me.

Proseguimmo per alcuni minuti, o forse alcune ore.

Finché lei non mi esortò a muovermi sul serio, la sua eccitazione cresceva sempre di più tra una spinta e l'altra. Lo sentivo nel modo in cui si stringeva intorno a me, in cui le sue mani accarezzavano ogni centimetro del mio corpo.

Le mostrai cosa significava essere la mia compagna.

Cosa ci avrebbe riservato il futuro.

La spinsi fin sull'orlo del baratro e le affondai i denti nella carne, seguendola in un vortice di estasi oscura. E come risultato del secondo morso, il nostro legame raggiunse un livello superiore.

La fonte del nostro potere rifletté la sua approvazione, immergendoci in un oceano di forza e di vitalità. Unendo le nostre anime, il nostro futuro e i nostri cuori in un legame eterno che nessuno dei due avrebbe mai potuto spezzare.

Insieme per sempre.

Due cuori che battono all'unisono.

Compagni.

ELLA

IL MIO CORPO FORMICOLAVA OVUNQUE PER LE attenzioni di Tray.

Aveva fatto l'amore con me diverse volte durante la notte, e di nuovo al mattino, sotto la doccia, prima di riportarmi a Darlington.

Non riuscivo a smettere di sorridere, anche durante le faccende domestiche. Che quel giorno erano più del solito, grazie alla neve caduta la notte precedente.

Spala questo, Ella.

Spala quello, Ella.

Mi ripetevo le parole in testa, sorridendo per tutto il tempo. Perché finalmente mi sentivo viva. Come se, per la prima volta in vita mia, avessi un posto dove stare.

Al fianco di Tray.

Era stato difficile separarsi, quella mattina, ma avevamo ancora un piano da portare a termine. Tuttavia, volevo accelerare i tempi. Che senso aveva diplomarsi, se in autunno avrei dovuto frequentare l'Accademia dei Fae di Mezzanotte?

I titoli umani non avevano molto valore nel mondo di Tray. I membri della sua specie venivano educati in casa durante l'infanzia, con i genitori o i tutori all'interno della comunità che fornivano loro un'educazione generale e nell'ambito della magia. Poi frequentavano l'Accademia, dove imparavano a padroneggiare i loro poteri e decidevano che ruolo coprire all'interno dei gruppi di appartenenza.

Io sarei entrata a far parte della comunità reale, non solo per il mio legame con Tray, ma anche per la mia ascendenza. Era lì che...

Qualcosa mi colpì alla schiena, spingendomi in avanti. Le mie ginocchia urtarono il selciato, e l'impatto strappò il tessuto sottile dei jeans. Riuscii per un soffio a non sbattere anche la faccia, frenando la caduta con i palmi delle mani. «*Merda*» sibilai, mentre una risatina tintinnò alle mie spalle.

Ryan.

«Attenta, Ceneracchia» disse. «Sognare a occhi aperti può essere molto pericoloso».

Lo stivale di Carmen apparve vicino alla mia testa. «Scommetto che sta pensando a dove è sparita ieri sera».

«Già, dove hai passato la notte, Ella?» domandò Ryan, fermandosi accanto alla gemella.

Accigliata, cercai di alzarmi in piedi. Ma ricevetti un calcio nella pancia. Mi rannicchiai sul fianco, proteggendo il mio addome dolorante.

«Scusa, sono scivolata» disse Ryan.

Sbuffai. «Certo...». Ora il mio corpo formicolava per un motivo completamente diverso. *Rabbia*.

«Beh, dov'eri?» insistette Carmen.

«Non sono cazzi tuoi» risposi, fulminandola con lo sguardo.

Le sue sopracciglia perfettamente curate schizzarono in alto. «*Scusa?*».

«Sei sorda? Nel caso non avessi capito, significa *vaffanculo*». E rotolai via, prima che Ryan potesse "scivolare" di nuovo.

«Mi ha parlato davvero in quel modo?» chiese Carmen. Il suo shock sarebbe stato piuttosto ridicolo, se Ryan non avesse già iniziato ad avvicinarsi a grandi passi.

Quel giorno non ero dell'umore giusto per i loro giochetti.

Con una rapidità alimentata dall'adrenalina, mi alzai in piedi e alzai le mani davanti a me. «Provaci» la sfidai.

Ryan gettò indietro la testa e scoppiò a ridere, un suono stridulo e intriso di crudele follia. «Wow. Ora voglio proprio sapere dove sei stata. Qualcosa, o forse *qualcuno*, ti ha acceso il fuoco sotto il culo».

Carmen avanzò nel giardino, facendo una smorfia quando la neve le toccò i jeans.

Probabilmente li avrebbe buttati via, sostenendo che fossero troppo sporchi per essere indossati di nuovo.

Stronza viziata.

«Dov'eri?» ripeté. Evidentemente, non aveva colto il messaggio.

Così, provai un approccio diverso. «In Inghilterra». Era la verità. Ma non mi avrebbe mai creduta.

«Ah-ah» commentò irritata. «Rispondi, o diremo alla mamma che hai passato la notte fuori».

Mi strinsi nelle spalle. «Accomodati». Cos'avrebbe potuto fare Clarissa? Avevo diciotto anni e la sua costosa educazione non mi serviva più.

Ryan allungò la mano verso di me, e io le afferrai il polso.

Una scarica di energia viaggiò tra di noi, facendola indietreggiare di qualche passo e spedendola con il sedere sulla neve.

Oh, merda...

«Cos'è successo?» gridò Carmen, con lo sguardo che rimbalzava tra me e Ryan.

«Quella stronza mi ha appena dato la scossa!» piagnucolò la sorella, tenendosi il polso.

Alzai gli occhi al cielo e dissi la prima cosa che mi passò per la mente. «Scusami. Sono scivolata».

Carmen si girò verso di me, scoccandomi un'occhiata malevola, e fece l'errore di tentare di colpirmi al petto.

Quell'unico contatto fu sufficiente per far finire a terra anche lei, mentre l'energia protettiva ronzava intorno a me.

È opera di Tray?, mi domandai.

«Mamma!» gridò Ryan, riportando la mia attenzione sulle perfide sorellastre cadute sulla neve.

Carmen era svenuta.

Oh. Questa è una novità.

Sollevai le mani per esaminarle, mentre Ryan continuava a chiamare Clarissa. La ignorai, troppo occupata a fissare le lingue di fuoco blu che danzavano sui miei polpastrelli.

Wow...

Mi resi conto a malapena della voce arrabbiata di Clarissa, che mi tuonò alle spalle mentre mi allontanavo dalla casa. Potevano finire da sole di spalare la neve. Quello che era appena successo era molto più importante.

Perché o i miei poteri si erano appena attivati, o Tray mi aveva lanciato un incantesimo di protezione.

In ogni caso, avevo delle domande a cui solo il mio compagno poteva rispondere.

Fortunatamente, sapevo dove trovarlo.

Purtroppo, si trattava di una scarpinata di parecchi chilometri.

Con un grugnito, mi voltai e tornai verso il giardino, alla ricerca della mia bicicletta. Ma venni bloccata da una matrigna furibonda nel bel mezzo del vialetto. «Dove credi di andare?».

«Via» risposi, superandola e sorridendo per il sussulto scioccato con cui reagì.

E mi venne un'altra idea, che mi fece sorridere ancora di più. Mi diressi verso il garage.

Perché usare la bici, quando potevo prendere un'auto?

Trovai le chiavi di Ryan appese alla parete e me le rigirai tra le dita, avvicinandomi alla sua preziosa macchina. Dal giardino si levarono le grida della mia sorellastra, che si affrettò ad alzarsi in piedi. Ma quando raggiunse il vialetto spalato a metà, avevo già chiuso a chiave la portiera.

Sarebbe stata un'esperienza divertente.

Sapevo guidare, me l'aveva insegnato Clarissa. Altrimenti, come avrei potuto andare a fare la spesa ogni domenica?

Ma non avevo mai provato l'auto di Ryan.

Il bolide a due posti prese vita, soffocando le urla della mia odiosa famiglia adottiva.

Ryan ebbe la brillante idea di buttarsi in mezzo al vialetto, mentre inserivo la retromarcia.

La guardai nello specchietto retrovisore e uscii dal garage, curiosa di vedere chi avrebbe ceduto per prima. Quasi speravo che restasse ferma lì.

Ma, come mi aspettavo, si scansò all'ultimo secondo. Le sue maledizioni furono coperte dal rombo del motore.

Salutai tutti con un gesto della mano, ghignando per le loro espressioni sconvolte, e sfrecciai via.

Oh, più tardi l'avrei pagata cara.

Ma ne è valsa la pena, pensai, percorrendo le vie appena spalate.

Tray mi aspettava sotto il portico di casa sua, con un enorme sorriso stampato in faccia. Lasciai l'auto di Ryan sulla strada, senza preoccuparmi di parcheggiarla correttamente. Con un po' di fortuna, qualcuno l'avrebbe graffiata.

«Ho percepito la tua magia» disse, venendo verso di me. «Cos'hai fatto? Oltre che rubare la macchina della reginetta delle stronze?».

«L'ho fulminata» risposi orgogliosa, e alzai le mani per mostrargli le fiammelle che ancora sfrigolavano. «È un incantesimo di protezione o qualcosa del genere?».

Mi afferrò il polso per esaminare le scintille blu. «Un incantesimo di protezione?».

«Qualcosa che hai fatto tu, intendo?».

Il suo sguardo divertito si posò sul mio. «No, El. Questa è

tutta opera tua, piccola». Intrecciò le dita con le mie, e il ronzio dell'elettricità si fece ancora più intenso. «Il tuo potere sta aumentando di secondo in secondo» aggiunse in tono emozionato. Mi trascinò oltre la soglia e si chiuse la porta alle spalle con un piccolo calcio.

«Non faceva così, finché non mi hai toccata» sussurrai, meravigliata di come l'energia stesse crescendo. «Ho solo afferrato il polso di Ryan, ed è rimasta fulminata. Poi Carmen ha cercato di colpirmi, ed è successa la stessa cosa, solo che l'ho anche fatta svenire».

«La tua Fae interiore sta venendo alla luce» disse, conducendomi in cucina. «Cosa ti hanno fatto?».

«Mi hanno spinta per terra» borbottai. «E mi hanno anche presa a calci».

Le sue narici si dilatarono, la sua presa si strinse. «Questo spiega l'incantesimo che hai evocato istintivamente. È una barriera magica».

«Quindi non sei stato tu?».

Scosse la testa. «No, sei stata *tu*».

«Come?».

«Istinto di sopravvivenza. Un modo per difenderti naturalmente. Un po' come la reazione di attacco o fuga. La tua Fae ha scelto di attaccare». Sorrise di nuovo. «Ryan e Carmen sono fortunate a essere vive».

Gli raccontai che avevo quasi investito Ryan con la sua stessa auto.

Guadagnandomi una risata.

«Peccato» commentò. «Non l'avrebbe uccisa, ma sarebbe stato bello vederla in ospedale».

Per quanto suonasse crudele, ero d'accordo con lui. «Dobbiamo fare qualcosa, Tray». Perché non appena me ne fossi andata, avrebbero trovato un nuovo bersaglio. «Non posso lasciare che si comportino così con qualcun altro. E lo stesso vale per Dash e Charlie».

Mi accarezzò la guancia, e sentii la sua pelle sfrigolare sulla mia. «Li distruggeremo tutti» promise, sfiorando le mie labbra con un bacio. «Ma prima dobbiamo tenere a bada il tuo potere. Prima che mi incendi la casa».

Aggrottai la fronte. Okay, mi sentivo bruciare, ma non fino a quel punto. «Non sono una bomba pronta a esplodere, eh».

«No?». Inarcò un sopracciglio e lanciò un'occhiata alle mie spalle. «Allora perché la sala da pranzo è in fiamme?».

Feci un mezzo giro su me stessa e rimasi a bocca aperta davanti alle fiamme color zaffiro che danzavano sul tavolo di legno.

E strisciavano sulle pareti.

«Oh...». Mi coprii la bocca con la mano.

Mi avvolse le braccia attorno alla vita e posò la fronte sulla mia. Il fuoco si spense lentamente, lasciandosi dietro segni di bruciature. «Ho bisogno che tu chiuda gli occhi, Isabella».

«Pensi davvero che aiuterebbe?!» sbuffai, ma poi feci una smorfia quando un altro piccolo rogo prese vita un paio di metri più in là.

«Ssh, fidati di me» sussurrò. «Chiudi gli occhi e immagina di essere in acqua, senti le onde che lambiscono la riva del mare. Ogni goccia, fresca e frizzante, sfiora la sabbia e si ritrae, per poi scorrere di nuovo in avanti. In un movimento ritmico. Rilassante. Sereno».

Trassi un respiro profondo, le sue parole sembravano calmare lo strano caos che mi si agitava dentro. Mi aggrappai alle sue mani, tenendole strette mentre permettevo alla visione di entrare nella mia mente.

«Sta scorrendo intorno a te» continuò dolcemente. «Tutta l'acqua del mondo si increspa sotto i tuoi polpastrelli, ti accarezza la pelle e benedice il tuo spirito. Permettile di baciarti, Ella. Permettile di consumarti».

Rabbrividii, e la mia visione si trasformò in un vortice che mi fece turbinare con violenza, trascinandomi in un buco nero di follia, lontano dalla luce del sole.

«Non opporti». Le labbra di Tray furono sul mio orecchio. «Non è così buio come sembra. Ti sto aspettando lì. Cerca il nostro legame. Trovami».

Corde color inchiostro mi si avvilupparono attorno alla vita, tirandomi più a fondo. Gemetti, con il cuore che mi sobbalzava nel petto.

C'era qualcosa che non andava.

Ma non riuscii ad aprire la bocca per parlare. Le corde, simili a serpenti, mi cinsero la testa e mi coprirono le labbra.

Trascinandomi sempre più giù.

In un mare di magia perpetua.

Sbattei le palpebre nel mio nuovo oblio, dove filamenti scintillanti danzavano sotto la superficie e si intrecciavano in fasce lucenti.

Una brillava più delle altre, una specie di richiamo che ondeggiava nelle acque dense e scure.

Nuotai in quella direzione, con il corpo improvvisamente libero dai legacci neri.

Ogni bracciata risvegliava nelle mie viscere l'impressione che fosse la cosa giusta da fare.

Ogni spinta delle gambe mi dava un nuovo proposito.

Finché non raggiunsi la luce e mi resi conto che non era affatto una luce, ma Tray.

Mi accolse a braccia aperte e mi fece volteggiare. Sentii il calore familiare del suo corpo sul mio. Il suo orgoglio fu come un bacio impresso nell'anima.

Aprii gli occhi e lo trovai a osservarmi; i suoi erano pieni di lacrime. «Sei stupenda, Ella». La sua espressione irradiava un'emozione che mi accarezzò il cuore. «La più bella Fae di Mezzanotte che abbia mai visto».

La sua bocca catturò la mia, il suo bacio scatenò dentro di me un tornado di sensazioni.

Il calore mi inghiottì dalla testa ai piedi.

Gli gettai le braccia al collo, senza più preoccuparmi di respirare. Mi sollevò e mi mise sul bancone della cucina, sistemandosi tra le mie cosce e dominandomi con la lingua.

In qualche modo, i nostri vestiti sono scomparsi.

Forse li avevo bruciati.

Forse aveva usato la magia.

Tutto ciò che importava era l'unione dei nostri corpi, che avvenne d'improvviso, eppure non abbastanza rapidamente. Tray affondò dentro di me, soffocando con la bocca il mio grido stupito, mentre le sue mani mi stringevano i fianchi.

Mi sembrò tutto così etereo, come se stessimo facendo l'amore in un sogno, non nella sua cucina.

Il mio corpo fremeva di desiderio.

Le parole mi sgorgavano dalle labbra come in un canto.

Tray sussurrò il mio nome con tono adorante sul mio orecchio, sul collo, sui seni.

Ogni tocco somigliava a una rivendicazione, ogni bacio a una promessa, ogni spinta preannunciava il nostro futuro.

Ero completamente posseduta da Trayton Nacht.

Lasciai cadere la testa all'indietro con un urlo, i suoi denti mi affondarono nel collo.

Ci ritrovammo circondati da volute di fumo, l'energia eterea era come un sigillo che sentii nel profondo dell'anima. Il mio cuore accettò quell'intrusione, permettendo a un'ancora di stabilirsi nel mio petto, un'ancora legata a Tray.

Mia, sussurrò Tray nei miei pensieri, facendomi rabbrividire. *Sei mia, Ella. Proprio come io sono tuo.*

E lo dimostrò aprendomi la sua mente.

Ogni emozione. Ogni sentimento. Ogni pensiero. Mescolati improvvisamente ai miei.

La mia estasi raggiunse un picco completamente nuovo. E lui aumentò il ritmo, le sue spinte erano sempre più feroci e violente. Avevo già raggiunto l'orgasmo, ma lui voleva condurmi di nuovo lì. E unirsi a me.

Il suo bisogno crebbe e alimentò il mio. Oltrepassammo il limite insieme, con un gemito che riecheggiò in ogni parte di me.

Era così che si accoppiavano i Fae.

Stimolati da correnti magiche.

Sprigionando fuoco nell'aria.

E sentendosi appagati nel miglior modo possibile.

La mia fronte gli ricadde sulla spalla, ero completamente sconvolta.

Devo davvero andare a scuola, domani?, mi domandai, preferendo quello alle lezioni.

Tray ridacchiò e mi posò un bacio sui capelli. *Mmm, penso che riusciremo a trovare il modo di rendere le lezioni più interessanti del solito.*

Trasalii. La sua voce mi era risuonata nella mente.

Non avevo ancora compreso fino in fondo la portata del nostro legame, ma in quel momento mi fu finalmente chiaro. *Sei nella mia testa.*

E tu nella mia, rispose, allontanandosi appena per prendermi il viso tra le mani. «Ti ho morsa tre volte nelle ultime ventiquattr'ore».

«Quindi il nostro accoppiamento è… completo?».

Annuì, studiando attentamente il mio sguardo.

Lo fissai di rimando.

E lui sorrise. «Non ne sei pentita».

«Perché dovrei esserlo?». Gli avevo detto io di mordermi. Sapevo cosa significava. Lo accettavo.

«Perché ci apparteniamo per l'eternità, Ella».

«Sì, beh, sei tu che dovresti preoccuparti, Nacht» lo informai. «Non io».

«Come mai?».

«Perché ora sei bloccato con me» risposi con un sorrisetto malvagio. «E, a quanto pare, mi piace incendiare le cose».

Come l'isola della cucina alle sue spalle.

Soffocò le fiamme senza nemmeno voltarsi. Il suo potere se ne occupò con un'ondata di energia che accarezzò il mio. *Interessante*, pensai. Era una bella sensazione.

«Meno male che mi piace il caldo» mi sussurrò Tray sulle labbra con un sorriso. «E non c'è nessun altro con cui preferirei stare, Ella».

La mia bocca fu improvvisamente troppo occupata per rispondere.

Non era un problema.

Lasciai che fossero la mia mente e il mio cuore a parlare.

E facemmo ancora l'amore.

TRAY

Rovesciai una sacca di zero negativo nel frullatore, suscitando una smorfia disgustata da parte di Ella. Era seduta sull'isola della cucina con addosso la mia camicia, e le sue gambe nude erano un sensuale promemoria del fatto che sotto non indossava nulla.

«Stai davvero preparando un frappè con del sangue dentro?» domandò arricciando il naso, mentre aggiungevo al mix anche una pallina di gelato alla vaniglia.

«Sì». Avevo intenzione di nutrirmi la sera prima, ma avevo finito per mordere la mia compagna. Non me ne pentivo minimamente, ma sentivo le ripercussioni dell'attingere alla fonte della nostra magia senza il carburante necessario.

«È disgustoso» commentò.

Sorrisi. «Vedremo come la pensi dopo averlo assaggiato».

«Non ho nessuna intenzione di farlo».

«E invece sì» ribattei, e premetti il pulsante per avviare il frullatore prima che potesse mettersi a discutere. Quando lo spensi, ricominciai subito a parlare, nel tentativo di evitare l'ennesima litigata. «Quando i Fae di Mezzanotte sono piccoli, non possono avventurarsi nel mondo umano per nutrirsi. La maggior parte non inizia finché non compie tredici o quattordici anni. Perciò abbiamo sviluppato altri modi per bere l'essenza dei mortali senza doverli mordere».

La sua espressione diceva che non le avevo fatto cambiare idea.

«Considerala una bevanda energetica» aggiunsi. «Abbiamo appena consumato un sacco di energia, El. Forse non lo senti ancora, ma te ne renderai conto molto presto. A meno che non accetti la mia offerta».

«Non ho mai dovuto bere sangue, prima d'ora».

«Ma non hai neanche mai attinto ai tuoi doni». Versai il frappè in due bicchieri e presi un paio di cannucce dal cassetto. «Fidati di me. Ne hai bisogno. E anch'io».

Le mie membra avevano cominciato a tremare, era il primo segno della stanchezza che stava piombando su di me. Nel giro di qualche ora, sarei stato veramente male. L'unico motivo per cui ero riuscito a non nutrirmi, da quando ero arrivato a Darlington, era che non avevo sfruttato spesso le mie abilità.

Ma le ultime ore trascorse con Ella erano state sufficienti a esaurire tutta l'energia di cui disponevo.

Bevvi un sorso, testando il sapore, e feci scivolare l'altro bicchiere sull'isola, verso Ella.

«Di cosa sa?» mi domandò lei, arricciando di nuovo il naso in quel suo modo adorabile.

«Provalo e lo scoprirai». Il sapore non sarebbe stato affatto come si aspettava. Di solito, gli umani descrivevano il sangue come salato o ferroso. Non era quello che provavano i Fae di Mezzanotte. Per esempio, per me la sua essenza era come ambrosia, dolce e inebriante. Al confronto, quello che stavo bevendo era praticamente privo di sapore. Ma almeno placava la mia fame. Ne sorseggiai un altro po', guardandola negli occhi con un'espressione di sfida.

A meno che tu non abbia paura, le dissi nella mente.

La provocazione ottenne l'effetto desiderato e la spinse ad afferrare il bicchiere. «Mi assicurerò di vomitare nella tua direzione».

«Ve bene, tesoro». E bevvi un altro sorso, mentre lei si sistemava la cannuccia tra le labbra.

Chiuse gli occhi e fece una smorfia, cominciando a succhiare.

Ma poi la sua fronte si corrugò.

Dopo un'altra lunga sorsata, spalancò gli occhi in un'espressione sorpresa. «Perché è così buono?».

«Perché sei una Fae di Mezzanotte» risposi, facendole l'occhiolino.

Finimmo il nostro spuntino in un silenzio confortevole. Ella leccò perfino il bordo del bicchiere. Finsi di non vederla; non volevo rischiare di rovinare il momento prendendola in giro.

Dopo aver sistemato la cucina, mi appoggiai al lavello e incrociai le braccia sul petto. Il suo sguardo cadde sui miei boxer, scendendo verso le mie cosce nude, per poi accarezzarmi il torso e posarsi sul mio viso.

Il divertimento mi scaldò il petto. «Mmm, adoro queste occhiate invitanti, Ella».

«Allora perché sei fermo lì?» mi domandò, inarcando le sopracciglia. «Per provocarmi?».

«No, per evitare di toccarti». Avevamo bisogno che il sangue entrasse in circolo, prima di ricominciare a giocare. Un altro viaggio nella fonte oscura mi avrebbe steso, e preferivo evitare situazioni imbarazzanti. «Dobbiamo discutere dei prossimi passi».

Si accigliò. «Cosa intendi? Pensavo che fossimo già accoppiati».

«Oh, lo siamo» la rassicurai, sorridendo per il sollievo che le illuminò il volto. «Ci apparteniamo completamente. Stavo parlando delle tue sorellastre e della loro combriccola di idioti».

Ella ridacchiò. «Combriccola di idioti» ripeté.

«Mi sembra un'ottima definizione» commentai, alzando le mani in un gesto innocente.

«Oh, lo è» confermò. «E per quanto riguarda i prossimi passi, penso di aver appena dato inizio alla fase uno».

«Sì, sono d'accordo». Era per quello che volevo discutere del nostro piano di azione.

«Non voglio tornare là, Tray».

«Allora non farlo». Indicai il corridoio che portava ai due salotti e alla scalinata. «Qui lo spazio non manca. E sei sempre la benvenuta in camera mia».

Arricciò le labbra di lato e sospirò. «Ma allora Clarissa smetterà di pagarmi le tasse scolastiche».

«Anche quello non è un problema. Me ne occupo io». Alzai le spalle. «Adesso ciò che è mio è tuo. Non è quello che dicono gli umani?».

Non ne sembrò particolarmente entusiasta. «Non voglio che mi paghi le tasse per la Darlington Academy».

«È meglio che lasciarti a soffrire in quella casa. E poi, possiamo usarlo a nostro vantaggio. Se Ryan mi chiede qualcosa, le dirò che è tutto parte del piano, che ti ho promesso di pagare le tasse per fingere di salvarti e conquistarti, per poi toglierti ogni cosa. In questo modo, la tua rovina sarà ancora più terribile, perché resterai senza casa e senza la possibilità di andare a scuola. Adorerà la mia idea».

Sentii una fitta al cuore al solo pensiero, ma mi consolai sapendo che non sarebbe mai successo.

Ella era mia.

L'avrei protetta fino all'ultimo respiro.

«Hai ragione. Lo adorerà». Sembrava che l'idea la irritasse, un bagliore oscuro si insinuò nel suo sguardo. «Darle una lezione non basterà, vero?».

«Considerando quanto le piaccia tormentarti, direi proprio di no».

«Prima dobbiamo far fuori tutti gli altri. Resterà isolata, così, quando sarà ora del gran finale, non avrà nessuno che la aiuti. La faremo sentire sola e indifesa, come ha fatto con me in tutti questi anni».

Annuii, l'idea mi piaceva. «Continua».

«Aggiungiamo alla lista anche Clarissa. E tutta quella maledetta scuola. Nessuno ha mai fatto nulla per aiutarmi. E Clarissa è arrivata al punto di incoraggiare le figlie a maltrattarmi». Ella saltò giù dall'isola e cominciò a camminare avanti e indietro, con mille idee che le frullavano per la testa e le uscivano di bocca praticamente nello stesso momento. La osservai, seguendo i suoi ragionamenti e offrendole la mia opinione solo se richiesta, e alla fine ci ritrovammo con un solido piano d'azione.

«Domani cominciamo a prendere possesso della scuola» disse, mettendo fine alla discussione. Era elettrizzata. «E so esattamente come».

TRAY

Il piano di Ella prevedeva presentarsi a scuola con l'auto di Ryan.

Tutti rimasero di stucco.

E non solo per l'uniforme nuova di zecca sfoggiata dalla mia compagna, mentre camminavamo mano nella mano verso l'ingresso.

Fu il suo atteggiamento a catturare l'attenzione. E ovviamente la macchina sportiva della sorellastra, con un lungo graffio sulla fiancata.

Il braccialetto d'argento di Ella mi sfiorò il polso, facendomi correre una scarica elettrica lungo il braccio. Glielo avevo regalato quella mattina. Il metallo era infuso di magia e serviva a mitigare le sue abilità, per evitare che desse accidentalmente fuoco alla scuola.

Anche se non l'avrei biasimata, se fosse successo.

Quel posto meritava di finire in cenere.

Così come la maggior parte degli umani al suo interno.

Ma volevo dare a Ella il tempo di sviluppare i suoi poteri e di imparare a controllarli, e il gioiello al polso l'avrebbe aiutata.

Le gemelle ci aspettavano davanti alla porta, le loro espressioni furiose erano una gioia per gli occhi.

E, quando Ella lanciò le chiavi dell'auto a Ryan, il mio divertimento si acuì. «Grazie per avermi fatto fare un giro, sorellina» disse in tono disinvolto.

Misi un braccio intorno alle spalle della mia compagna e le diedi un bacio sulla guancia. «Grazie a te per avermi fatto fare un *giro*» le sussurrai all'orecchio, strappandole una risatina. Sapeva esattamente a cosa mi stessi riferendo.

«Sei morta» le rispose Ryan, praticamente con il fumo che le usciva dalle orecchie.

La ignorammo entrambi. Mentre attraversavamo la porta ed entravamo nell'edificio, la mia spalla urtò quella di Carmen.

Diversi studenti ci fissarono a bocca aperta, il loro shock era palpabile.

Pecore, pensò Ella con un tono infastidito.

Hanno solo bisogno di un nuovo leader, le dissi.

Che di certo non sarò io.

No, capisco che tu non abbia voglia di occuparti di questi idioti. Avevano assistito alla sua umiliazione per anni, senza mai intervenire. Non meritavano niente.

Ci fermammo ai nostri armadietti per prendere i libri e andammo verso l'aula di Lettere sotto lo sguardo imbambolato degli altri studenti.

Erano veramente patetici. Anche i cosiddetti adulti facevano pena. Privi di spina dorsale, interessati solo ai soldi e allo status.

Mi sedetti accanto a Ella invece che davanti a lei, con il braccio attorno allo schienale della sua sedia. Dopo la lunga conversazione della notte prima, avevamo deciso di accelerare le cose. C'era qualcosa di amaramente poetico nel nostro piano. Avrei dovuto dire delle cose orribili, ma il legame di accoppiamento avrebbe mantenuto le nostre menti aperte e oneste.

Puoi anche professare eterno amore a Ryan, e saprò comunque che sono tutte stronzate, mormorò la mia compagna, dopo aver sentito i miei pensieri.

Sbuffai. *Non c'è bisogno che tu sia in grado di leggermi nella mente per saperlo.*

Un sorrisetto le incurvò le labbra. *È vero.*

Charlie entrò in classe con la sua solita disinvoltura, ma si bloccò non appena mi vide accanto a Ella. Mi ritrovai a sorridere anch'io. *Guarda, tesoro. Sta per cominciare la fase due.*

No. È già iniziata. Le brillavano gli occhi. *Sei pronto a divertirti un po'?*

Non sono mai stato così pronto. Dal momento che quella parte del piano era stata una mia idea, non vedevo l'ora di scoprire come sarebbe andata a finire.

Ci sarebbe voluta qualche settimana, ma avevo già messo in moto le cose in mattinata.

Ora dovevamo solo aspettare.

E, nel frattempo, cominciare a prendere il controllo della scuola.

Avremmo dato a tutti un re e una regina da adorare, per poi infrangere i loro cuori in una volta sola.

Ella era seduta in mensa e sembrava una regina. Una vista che mi strappò un sorriso, inondandomi le vene di adrenalina.

Erano passate due settimane dal nostro famigerato arrivo a scuola nell'auto di Ryan, e da allora era cambiato tutto.

Ora viveva con me e passava le notti nel *nostro* letto.

Diversi studenti avevano cominciato a cercare la sua protezione. Lo permetteva soltanto perché anche la maggior parte di loro era stata vittima di bullismo, anche se molto più lieve di quello subito da lei.

Il fatto che Ryan e Carmen lo permettessero era d'aiuto. Quelle stupide erano convinte che avrebbe reso la caduta della sorellastra ancora più dolorosa. Ma non avevano capito che stavamo lentamente spostando il potere nelle mani di Ella.

Dash era l'unico a non essere molto entusiasta del piano.

Charlie, da eterno idiota, era convinto che fosse un'idea geniale. Ero sicuro che sperasse di essere lui a leccare le ferite di Ella, a prescindere che lei fosse d'accordo o meno.

Ecco perché ero così felice di quello che stava per accadere.

Avevamo deciso di annientarlo per primo.

Distruggendo il suo status.

Mi appoggiai al muro e controllai l'orologio. Da un momento all'altro, avrebbe dovuto ricevere una telefonata che gli avrebbe fatto crollare il mondo addosso.

Dov'è il mio bacio?, chiese Ella, con gli occhi che le brillavano.

Le sorrisi. *Sei una compagna molto esigente.*

Puoi dirlo.

Andai verso di lei, pronto ad accontentarla, quando Ryan mi afferrò il braccio e mi strattonò all'indietro. La guardai. «Sì?».

«Vieni in corridoio tra cinque minuti».

«Perché?».

Mi rivolse un'occhiata seducente che mi fece imputridire le viscere. «Voglio premiarti per tutto il tuo duro lavoro».

Mi costrinsi a sorridere, nonostante l'impulso a vomitare.

Non avrei mai voluto un *premio* da quella spregevole creatura.

«Mi tenti, ma la buona riuscita del piano dipende dalla mia abilità di conquistare il cuore di Ella. E ciò non accadrà, se dovesse scoprire che faccio il doppio gioco». Tolsi lentamente la sua mano dal mio bicipite, assicurandomi che chiunque ci stesse guardando lo notasse.

Parlavamo troppo piano perché qualcuno riuscisse a sentirci, ma il linguaggio del corpo poteva essere altrettanto eloquente.

Giocai su quell'aspetto, incrociando le braccia sul petto e assumendo un atteggiamento accusatorio.

«Ci sono quasi, Ryan» mormorai. «A meno che tu non preferisca saltare il gran finale e passare direttamente alla mia ricompensa?».

Lanciò un'occhiata a Ella, e la sua espressione si inacidì. «Oh, no. Voglio godermi il momento in cui le dirai che è stata tutta una farsa».

«La odi davvero» osservai, inclinando la testa di lato. «Ma non ho ancora capito perché». Non era del tutto vero. Ero sicuro che la gelosia avesse un ruolo importante nel trattamento della sorellastra. Ella era bella in un modo in cui Ryan non sarebbe mai stata. E non solo perché era una stronza senza cuore.

Si gettò i capelli oltre le spalle. «È un bersaglio facile» disse in tono distaccato.

«Sul serio?». Spostai lo sguardo sulla ragazza in questione. «È stata una delle mie più grandi sfide». E dicevo sul serio.

Ti ho sentito, rispose Ella nella mia mente.

Soffocai un sorriso con la mano e inarcai un sopracciglio in direzione di Ryan. «Allora...».

«Santo cielo!». Carmen balzò davanti alla sorellastra, volgendomi la schiena. «Devi assolutamente venire!».

«Sono nel bel mezzo di una conversazione» sbottò Ryan, indicandomi con un gesto del capo.

Carmen afferrò la mano di Ryan e la trascinò via con sé, dicendo: «Può aspettare».

«Non aspetterò» urlai alle loro spalle, decidendo che Carmen meritava una punizione più crudele di quella che avevamo architettato. Ryan era la principale responsabile, ed Ella era convinta che Carmen sarebbe stata una persona diversa, senza l'influenza della gemella. Ma io non ero d'accordo.

Entrambe dovevano pagare per il resto della vita per come trattavano gli altri.

Feci un altro paio di passi, quando un coro di sussulti ed esclamazioni sorprese si levò intorno a me.

Ah... è ora, pensai. Ecco di cosa parlava Carmen. Ovviamente.

Ella si alzò per salutarmi mentre mi dirigevo verso di lei, ed entrambi ignorammo il chiacchiericcio crescente che rimbombava nella sala. Perché sapevamo già di cosa si trattava.

Le brillavano gli occhi dall'emozione. *Penso che la fase due sarà un successo clamoroso.*

Le sfiorai la bocca con un bacio e sorrisi. *Sì, lo penso anch'io.*

Il nome di Charlie riecheggiò nella mensa, e il diretto interessato si immobilizzò accanto a Dash, che lo fissava a bocca aperta.

Da qualche parte, il telefono di qualcuno stava trasmettendo il telegiornale a tutto volume, annunciando i recenti problemi legali della Anderson Motors e la sua imminente rovina.

«Queste aziende automobilistiche dovrebbero proprio concentrarsi sulla sicurezza» commentai in tono leggero.

Ella si morse il labbro per non scoppiare a ridere, e sentii la sua approvazione scaldare il nostro legame.

Non è che avessi sabotato la Anderson Motors. I problemi li avevano già. Io li avevo solo resi un po' più facili da scoprire per le autorità competenti.

Che avevano agito in modo rapido ed efficiente.

Sussurri invasero la sala, mentre Charlie la attraversava... da solo. Dash lo osservò con un'espressione combattuta, diviso tra la lealtà verso l'amico e quella nei confronti di se stesso.

Alla fine, scelse se stesso.

Come immaginavo.

La Anderson Motors non si sarebbe ripresa tanto presto. O forse non si sarebbe mai ripresa. Ciò significava che Charlie stava per affrontare un'esperienza mortificante, che lo avrebbe costretto ad abbandonare gli studi o a frequentare una scuola più economica.

O forse gli avrebbero permesso di restare e finire l'anno scolastico. Ci speravo, perché la sua vita alla Darlington Academy, un luogo in cui contava soltanto lo status, sarebbe cambiata drasticamente.

Come dimostrò Dash tornando al tavolo, invece di seguire il suo presunto amico.

Fuori uno, ne restano tre, mormorò Ella.

Le baciai la tempia e la presi tra le braccia. *È ora di passare alla fase successiva*, concordai.

Ella

Tre settimane più tardi, tutti parlavano ancora di Charlie. Aveva lasciato la Darlington Academy pochi giorni dopo l'annuncio. La sua famiglia si era trasferita da qualche parte nel Midwest, mentre l'azienda del padre passava al contrattacco con un esercito di avvocati.

Era possibile che Charlie Anderson non avesse imparato nulla dall'esperienza. Forse avrei dovuto scegliere una punizione più severa, ma non era mai stato lui il mio obiettivo principale.

Al contrario di Dash Charming.

Se ne stava sul bordo della piscina, indossando un costume minuscolo, e flirtava con tre ragazze intente ad adularlo. Com'era loro abitudine, dopo ogni lezione di nuoto. Aveva superato in fretta la partenza del suo amico, assumendo con gioia il ruolo di re della Darlington Academy.

Ma c'era qualcosa di diverso in lui.

Il suo sorriso non raggiungeva più gli occhi. E sembrava che avesse smesso di scopare con chiunque. O forse era solo più discreto. Inoltre, ultimamente non passava molto tempo con Ryan o Carmen, almeno da quello che avevo visto.

In ogni caso, non si comportava come il Dash che conoscevo e detestavo, e questo mi lasciava un po' perplessa.

Scossi la testa e mi diressi verso lo spogliatoio delle ragazze, decisa ad approfondire la questione. Ma non subito.

Prima dovevo finire di occuparmi di Carmen.

Tray mi aveva suggerito di usarla come bersaglio per prendere confidenza con i miei poteri. Due piccioni con una fava, insomma. Avevo studiato alcuni incantesimi dei Fae di Mezzanotte, e li avevo testati sulla mia perfida sorellastra.

Come quello che avevo scagliato due giorni prima, per indurre la perdita dei capelli.

Si trattava di un incantesimo difficile, che aveva richiesto una ciocca dei suoi capelli biondo platino. Ma riuscii a sottrargliela durante la pausa pranzo, fingendo di sbatterle addosso.

E avevo sfruttato l'occasione anche per spargerle un po' di polvere sulla pelle.

Da lì l'orticaria che le era scoppiata di recente, in una forma particolarmente aggressiva che, se non avesse smesso di grattarsi, le avrebbe anche lasciato delle cicatrici.

Le ragazze presenti nello spogliatoio stavano parlando proprio del suo aspetto. Alcune erano dispiaciute per lei. Altre erano convinte che fosse opera del karma. E la maggior parte era semplicemente felice di vederla soffrire.

«È anche ingrassata» stava dicendo una di loro.

«Stress».

«Oh, sicuramente. Se la mia faccia fosse così, mi strafogherei anch'io per cercare di consolarmi».

«Beh, se lo merita».

«Vorrei che fosse successo alla sua gemella».

«Gretchen» la ammonì la ragazza accanto a me.

«Cosa c'è? Ryan è una stronza. Sarebbe bello vederla soffrire».

Nello spogliatoio risuonarono diversi mugugni di assenso. Un mese prima, nessuno avrebbe osato parlare in quel modo. Adesso, invece, facevano a gara per dire la loro.

La regina sta crollando, pensai, infilandomi la camicia.

La conversazione continuò anche mentre mi mettevo la gonna, i calzini e le scarpe. Fu solo quando mi stavo legando i capelli, che mi accorsi che era calato il silenzio. E che avevo diverse paia di occhi su di me.

Controllai il mio riflesso nello specchio più vicino, ma era tutto a posto.

«Cosa c'è?» domandai, fulminandole con lo sguardo.

«Non hai... ehm... sentito l'annuncio?» domandò una studentessa minuta del terzo anno. Il suo nome cominciava con la T. Taylor. Tiffany. Tia. Tribeca. Qualcosa del genere.

«No». Avevo ignorato gran parte della loro conversazione. Okay, mi piaceva sentire parlare male delle mie sorellastre, ma non vedevo l'ora di andarmene da lì. «Cos'hanno detto?».

«Sei stata nominata come Regina d'Inverno» sussurrò la ragazza con il nome che cominciava con la T. «Contro... contro Carmen e Ryan» aggiunse, strabuzzando gli occhi.

Deglutii. Beh, quello non era parte del piano.

«Tray e Dash competeranno per il titolo di Re d'Inverno» continuò, con la voce leggermente più ferma. Elencò le altre candidature: due ragazze dell'ultimo anno che fungevano da tirapiedi personali di Ryan e altri tre ragazzi che avevo incontrato a lezione.

La tipica corte.

A parte me e Tray.

È opera tua?, gli domandai, percependo la sua presenza in corridoio. Mi stava aspettando.

Se stai parlando delle candidature, no, non sono stato io.

«Ah» dissi ad alta voce. «Bello».

Non era il commento che avrei voluto fare, ma tutte le ragazze mi stavano fissando.

Mi misi lo zaino sulle spalle e andai verso la porta. «Grazie?» tentai, voltandomi appena, incerta su cos'altro dire. Erano stati gli studenti a votare, ciò significava che era anche a causa loro se mi trovavo in quella posizione. E non ero sicura di come mi sentissi al riguardo.

«Pensi che sia stata Ryan?» domandai a Tray, non appena lo vidi.

Mi mise un braccio intorno alla vita e mi tirò al suo fianco. «Può darsi, ma la tua popolarità è salita alle stelle. Quindi potrebbero essere stati gli studenti. Lo scopriremo non appena vedremo la sua reazione».

Quel giorno uscivamo prima, l'ora di nuoto sarebbe stata l'ultima. Questo spiegava perché avevano fatto gli annunci al mattino. Non me n'ero accorta, perché non li ascoltavo mai.

Io e Tray percorremmo il corridoio verso l'uscita della scuola. Diverse pecore ci seguirono con lo sguardo, la loro curiosità era palpabile. *Probabilmente Ryan mi sta aspettando fuori dalla porta.*

Sembra proprio di sì, mormorò lui, stringendo la presa mentre ci avvicinavamo.

Un'occhiata all'espressione della mia sorellastra confermò che non aveva nulla a che fare con la candidatura. Non era così brava a recitare.

«Possiamo parlare?». La domanda era rivolta a Tray, non a me.

«Non riesco a immaginare di cosa» rispose lui con freddezza. «Ti ho già respinta diverse volte e la mia decisione non è cambiata».

Ci seguì all'esterno, fumante di rabbia. «*Adesso*, Trayton».

«Davvero c'è gente con cui funziona questo atteggiamento?». Mi lanciò un'occhiata, inarcando un sopracciglio. «Anche tu lo trovi irritante?».

«Cosa vuoi che ti dica?». Sollevai le spalle. «Per quanto mi riguarda, è solo una stronza che si crede chissà chi».

Ryan farfugliò qualcosa. Le mie parole erano andate a segno.

Nel frattempo, Tray annuì. «È vero».

«Potremmo semplicemente ignorarla» suggerii.

Mi rivolse un sorriso smagliante. «Quanto ti adoro, El».

Riuscimmo a fare due passi prima che lei si mettesse a strillare, dando ufficialmente di matto. Afferrò Tray per la giacca e lo strattonò all'indietro.

Il mio potere prese vita e la fulminò istintivamente.

Avevo lasciato il braccialetto d'argento nello zaino.

Ops.

Lo lasciò andare urlando, e il suo viso si contorse in un'espressione furiosa come non l'avevo mai vista. «*Tu!*» gridò, puntando un dito verso di me. «Come riesci a farlo?».

Sollevai le sopracciglia con aria innocente. «A fare cosa?».

«Lo sai» ringhiò, venendo verso di me.

Ma Tray si mise in mezzo. «Penso che tu debba darti una calmata, Ryan».

«Quella schifosa mi ha fulminata!».

Si levò un coro di sussulti, e tutti iniziarono a bisbigliare.

«Non ti ho neanche toccata» le feci notare, per poi posare la mano sulla schiena di Tray. «Dai, tesoro. È meglio andare».

«Oh, tutto questo è assurdo» sbottò Ryan. «Non ti...».

Fu interrotta da un lamento straziante proveniente dall'ingresso, dove comparve Carmen, con un'enorme ciocca di capelli in mano.

Suscitando un'altra serie di reazioni scioccate da parte della folla.

Perché sì, beh, aveva un aspetto orribile. E continuava a strillare parole incomprensibili.

Il divertimento di Tray accarezzò il nostro legame. *Wow.*

Sto cercando di fare del mio meglio, risposi.

Carmen si accasciò addosso a Ryan, che la spinse via con un grugnito disgustato. «Che schifo! E se fossi contagiosa?».

Oh, che bella idea, pensò Tray rivolto a me. *Possiamo renderla contagiosa?*

No, ho bisogno che Ryan soffra in altri modi.

Peccato. Ma posso aspettare il gran finale, rispose, avvolgendo di nuovo un braccio intorno alla mia vita e allontanandomi dalla scena. Tutti si fecero da parte per lasciarci passare, con lo sguardo che rimbalzava tra noi e le mie sorellastre.

Hai deciso cosa fare con Dash?, mi domandò Tray lungo il tragitto verso la sua auto.

Sì, credo sia meglio farlo fuori con Ryan. Che era quello che aveva suggerito lui. Aveva senso, visto che sarebbero venuti al ballo insieme.

Una parte di me voleva riservargli la stessa sorte di Charlie, ma sarebbe stato troppo ovvio.

Così come usare gli stessi incantesimi che avevo inflitto a Carmen.

Di conseguenza, avevo deciso di umiliare pubblicamente sia Dash che Ryan. Era proprio quello che si meritavano.

«Hai ordinato le videocamere?» chiesi a Tray dopo essere salita in macchina.

Si allacciò la cintura e sorrise. «Ovviamente sì».

«Perché sapevi che avrei ceduto».

«Più che altro, ci speravo» ammise, accendendo l'auto. «È anche un ottimo modo per distruggerlo».

«Ammesso che i tuoi sospetti siano fondati» gli ricordai.

«Lo sono».

«Sei così sicuro di te».

«Quando siamo insieme, sempre». Mi fece l'occhiolino e uscì dal parcheggio della scuola. «Ma questo significa che devi dare inizio all'ultima fase del piano. Te la senti?».

Sospirai e lasciai cadere il capo sul poggiatesta. «Sì. Ma sarà orribile».

Sbuffò. «Lo spero bene».

«Sei geloso, Trayton Nacht?».

La sua mano atterrò sulla mia coscia e la strinse. «Sei mia, Ella. E sono un Fae di Mezzanotte. Siamo notoriamente molto possessivi».

«Davvero? Perché io non mi sento affatto così» mentii, sorridendo nel vederlo accigliarsi. «Non so proprio perché ho fulminato Ryan. Non è che ti abbia toccato o qualcosa del genere».

La sua espressione corrucciata si sciolse in una risatina. «Sei proprio una ragazzaccia, Isabella Cinder».

«Hai intenzione di pun...?». Mi interruppi con una smorfia. «No. Non riesco nemmeno a dirlo. Troppo banale». E le parole avevano un sapore orrendo in bocca.

Tray scoppiò a ridere, scuotendo la testa. «Non preoccuparti, piccola. Non sono un amante delle punizioni».

«Voglio dire, non fraintendermi, probabilmente mi piacerebbe. Ma dirlo ad alta voce... Mi sembra di essere in una commedia romantica da quattro soldi».

«Penso tu intenda un film porno».

Spalancai gli occhi. «I Fae guardano i porno?».

Mi regalò un'altra risata, una di quelle che mi scaldavano il cuore. «Oh, Ella. Siamo creature soprannaturali che vivono di sangue e sesso. Secondo te?!».

«Devi farmi vedere i tuoi preferiti».

Mi guardò di sottecchi, poi tornò a concentrarsi sulla strada. Eravamo quasi arrivati. «Preferisco mostrarti cos'ho imparato».

«Okay». Non avevo nessuna intenzione di rifiutare la sua offerta. «Ma prima, voglio un altro frappè». Era tutto il giorno che ne volevo uno. Non avrei mai pensato che potesse succedere. E invece erano diventati parte della mia dieta, e ne scolavo almeno uno al giorno. Tray pensava che fosse il mio lato Fae che recuperava il tempo perduto.

E i miei poteri stavano aumentando. Li sentivo ribollire sotto la superficie, e dovevo allenarmi continuamente per controllarli.

«Affare fatto» disse Tray, spostando la mano dalla mia

coscia. «Ma esigo che tu lo beva nuda. Considerala la mia *punizione*».

Sbuffai. «Probabilmente lo sarà più per te che per me. Quindi okay, volentieri».

Lui sorrise. «Vedremo».

«Già, vedremo».

Alla fine, fu una punizione per entrambi.

Una punizione che ci piacque molto.

Ella

Un mese dopo...

Gli studenti del primo anno andavano al ballo che segnava l'inizio delle vacanze, a dicembre.

Quelli dell'ultimo anno, invece, avevano il Ballo d'Inverno, che si teneva a febbraio.

Le somiglianze tra i due rendevano la serata perfetta per portare a termine il nostro piano.

«Wow» mormorò Tray dalla soglia con un'espressione meravigliata, mentre il suo sguardo scorreva sul mio vestito nero e sullo spacco che mi risaliva la gamba sinistra, arrivando fino a metà coscia. Non avevo mai indossato nulla di così provocante; avvolgeva la mia figura, accentuandone le curve nei punti giusti, e aveva una profonda scollatura.

Era il tipo di abito che non avrebbe sfigurato addosso a una top model a qualche evento mondano.

Ed era perfetto per il ballo.

«Sei proprio la mia fata madrina, Tray» lo punzecchiai, ripensando alla conversazione che avevamo avuto dopo l'*homecoming*. Perché era stato lui a scegliere il vestito, che era rapidamente diventato il mio preferito.

«Fanculo le fate» disse lui, entrando nella stanza con un completo nero. «Sono tutto Fae, piccola». Mi avvolse la mano intorno alla nuca e mi tirò a sé per un lungo bacio appassionato.

«Il mio Fae» mormorai con un sorriso.

«Il tuo Fae» confermò, avventandosi di nuovo sulla mia bocca.

Sapeva di menta. Affondai la lingua tra le sue labbra, assaporandolo, avvinghiandomi alle sue spalle. *Mmm, potrei continuare per tutta la sera.*

Anch'io, disse lui. *Ma ci perderemmo il ballo.*

Sarebbe proprio un peccato, pensai, incapace di trattenere il sarcasmo.

«Abbiamo investito troppo su questa serata» sussurrò, mordendomi il labbro inferiore. «Ryan è tutt'ora convinta che voglia distruggerti».

«Con tutto quello che è successo, non so come faccia a credere che sei ancora dalla sua parte». La reputazione della mia sorellastra era crollata. Tutti erano convinti che stesse andando fuori di testa... grazie alle mie scosse.

E ogni volta che mi sentivo in colpa, ripensavo a tutte le cose orribili che mi aveva fatto nel corso degli anni. Sapere che quella sera voleva rovinarmi mi incoraggiava a procedere con il nostro piano. Aveva bisogno di essere ripagata con la stessa moneta. Forse, allora, avrebbe smesso di tormentare la gente.

E Carmen.

Oh, Carmen.

Portava una parrucca e si era già rivolta a un chirurgo estetico per occuparsi delle cicatrici. Che non erano nemmeno così orribili. Purtroppo, però, la sua personalità era rimasta praticamente identica a prima, a parte l'aggiunta di continui piagnistei.

Insomma, non aveva ancora imparato la lezione.

Ma me ne sarei occupata dopo il ballo.

«La magia ha aiutato» ammise Tray, premendo la fronte sulla mia.

«Come immaginavo». Sapevo che non poteva essersi trattato soltanto del suo fascino innato. Dopo che avevano cominciato a circolare le voci sul fatto che non fosse più la regina della scuola, Tray aveva dovuto trovare il modo di limitare i danni. «Non vedo l'ora che sia tutto finito».

«Anch'io» mi mormorò sulle labbra.

Eravamo giunti alla conclusione che non era necessario che mi diplomassi. Soprattutto dopo quello che avevamo scoperto la settimana prima sul testamento di mio padre. In più, aver finito le superiori non aveva molto valore all'Accademia dei Fae di Mezzanotte. Ma avevo ancora intenzione di sostenere gli esami finali; tra i corsi avanzati che avevo seguito e i miei ottimi voti, potevo diplomarmi in anticipo. Per non parlare del fatto che il consiglio di amministrazione non avrebbe avuto altra scelta, non appena Tray avesse portato a termine il suo piano.

Tutto ciò significava che sarei stata libera di trasferirmi nel mondo dei Fae di Mezzanotte con Tray, dove avrei potuto praticare liberamente la mia magia.

Finalmente.

«Portami al ballo, Tray. Prima che decida che non valga la pena di sprecare altro tempo con loro e ti chieda invece di portarmi a letto».

Il mio compagno sorrise. «Se mi permettessi di ucciderli tutti, faremmo molto più in fretta». L'aveva detto in tono scherzoso, ma sapevo che lo pensava davvero.

«Così è meglio».

«Se lo dici tu...». Intrecciò le dita con le mie e mi strattonò verso la porta. «Io resto dell'idea che un bagno di sangue sarebbe molto più divertente».

«Suoni come un vampiro».

«Fae di Mezzanotte, tesoro. Non vampiro. Fae. Di. Mezzanotte». Mi lanciò un'occhiata. «Hai letto quel libro di storia che ti ho dato? Spiega chiaramente cosa siamo».

Alzai gli occhi al cielo. «Sì, professor Nacht».

«Preside Nacht» mi corresse da in cima alle scale. «O principe Trayton. Accetterò entrambi i titoli in camera da letto».

«"Il fu Nacht" suona molto meglio» commentai, seguendolo lungo la scalinata che portava all'atrio. «Soprattutto se vuoi che ti chiami in quel modo *in camera da letto*».

Ridacchiò e mi attirò in un bacio accanto alla porta d'ingresso, instillando nelle carezze della sua lingua un pizzico di dominio. «Scommetto che potrei convincerti del contrario».

«Forse» mormorai, avvolgendogli la mano intorno al collo. Indugiai ancora una volta nel suo sapore, premendo il corpo sul suo.

Il suo ringhio di approvazione inumidì la seta tra le mie cosce. Adoravo quell'uomo e l'effetto che aveva su di me. Mi cinse la vita con il braccio sinistro e mi afferrò il mento con la mano opposta. «Se continui così, non arriveremo mai al ballo».

«Non hai noleggiato un'altra limousine?». Gli mordicchiai la mascella. «Possiamo riscaldarci sul sedile posteriore».

Gemette e mi trascinò all'esterno. L'aria fredda non ebbe alcun effetto sul calore che c'era tra di noi. Tray mi condusse lungo il vialetto appena spalato, verso la limousine parcheggiata sul ciglio della strada. La neve brillava sotto la luce della luna, creando un'atmosfera romantica che desideravo godermi almeno per qualche minuto.

E Tray mi accontentò.

Saliti in macchina, mi fece sedere sul suo grembo e cercò ancora una volta le mie labbra. Le sue mani mi risalirono lungo i fianchi, fino alle spalline dell'abito, che abbassò per scoprirmi il seno.

«Oh, adoro come ti sta questo vestito» sussurrò, trascinando le labbra verso i miei capezzoli. Ne prese uno in bocca, strappandomi un grido e facendomi inarcare verso di lui.

Mi accorsi appena che la limousine si stava muovendo.

E non mi importava che l'autista mi avesse sentita. Non sapevo nemmeno se conosceva la nostra destinazione.

Il modo in cui Tray stava seducendo il mio corpo, spingendolo ad assecondare ogni suo desiderio, mi lasciò senza fiato. Avere accesso alla sua mente non faceva che rendere l'esperienza ancora più intensa, fornendomi anche una mappa intima su cui orientarmi. Una mappa che ero bravissima a seguire; avevo lavorato instancabilmente, negli anni, per perfezionare il mio senso dell'orientamento.

Si sbottonò i pantaloni e abbassò la cerniera. Poi spostò di lato i miei slip, per affondare dentro di me con un'unica spinta.

Oh, lo spacco risultò molto utile, permettendogli di prendermi senza neanche doverci spogliare. E rendendomi ancora più eccitata.

Il braccialetto d'argento che mi aveva regalato era rimasto a casa, lasciandomi libera di giocare con le mie nuove abilità. Le sfruttai per accarezzarlo, emanando una nube oscura che inghiottì entrambi.

E che lo spinse a muoversi più rapidamente.

Con più forza.

Portandomi a un livello di piacere mai raggiunto prima.

«Mi farai morire, Ella» boccheggiò, aumentando il ritmo e cercando ancora una volta le mie labbra.

Seguirono ansimi e gemiti, le nostre menti e i nostri corpi erano in totale sintonia.

I nostri rapporti erano sempre così: appassionati, coinvolgenti, ultraterreni. Spesso faticavo a credere che quella fosse la mia vita.

Eppure, non riuscivo a immaginarla in nessun altro modo.

Venni attorno a lui con un grido, e la mia anima e il mio cuore gioirono quando mi seguì rapidamente nell'oblio. Non avevamo mai smesso di baciarci. Né di toccarci. Né di *esistere*.

E mentre tornavo in me, già ne volevo ancora.

Purtroppo, non sarebbe stato possibile fino a dopo il ballo.

Finché non avessimo raggiunto tutto quello che ci eravamo prefissati.

Lo baciai con tutta me stessa, riversandogli le mie emozioni in bocca con la lingua, e lui ricambiò con altrettanto vigore. Poi mi aiutò a sistemare il vestito. Il suo abile uso del fazzoletto da taschino mi fece ridacchiare. «Quindi è a questo che servono. Per pulire».

Mi sorrise. «Beh, tra le altre cose».

Non avevamo mai usato un preservativo, perché le malattie non erano un problema per i Fae, e la gravidanza, a quanto sembrava, era controllata dal maschio.

Avevo i miei dubbi al riguardo, ma Tray mi aveva assicurato che non avrebbe mai fatto nulla senza discuterne prima con me. E visto che potevo leggergli la mente, sapevo che era sincero.

Mi posò un bacio sulla tempia. «Pronta, Ella?».

Annuii, rilassandomi al suo fianco. «Sì».

Quella notte segnava la fine di un'era.

E l'inizio di una nuova.

Ella

Il Ballo d'Inverno si teneva nello stesso edificio di quello che dava inizio alle vacanze natalizie. L'ambiente era familiare in modo quasi inquietante. Le decorazioni erano sui toni del blu e dell'argento, invece che del rosso e del verde. Ma tutto il resto mi ricordava quella notte fatale di più di tre anni prima.

Compreso il *principe* in piedi vicino alla scalinata. Dovevo ammettere, seppur a malincuore, che Dash era cresciuto bene. I suoi lineamenti erano leggermente più marcati di quando era un ragazzino del primo anno, ma non ebbi alcun problema a riconoscere lo stesso stronzo che si celava dietro il suo bel viso. O lo stesso bagliore arrogante che irradiava dagli occhi troppo azzurri, mentre sorrideva a chiunque gli si avvicinasse.

Quando incontrò il mio sguardo, mi si strinse lo stomaco.

Quella sera avevo una missione che includeva anche lui. E dovevo fare la mia parte, nonostante non ne avessi minimamente voglia. Ma mi costrinsi a sorridere timidamente, come avevo fatto nelle ultime settimane, fingendo di essere in grado di tollerare la sua presenza.

Inclinò la testa di lato in un tacito invito e io annuii.

Significava che voleva parlare, come era già successo un altro paio di volte nel corso dell'ultimo mese. Si era sempre trattato di stupidaggini, come il tempo o i compiti per casa. Era così strano, dopo anni di infiniti battibecchi.

Anche se, a essere sincera, la maggior parte di quei contrasti era stata istigata da Charlie. La sua partenza aveva lasciato me e Dash senza un modo per comunicare. Come se non fossimo in grado di chiacchierare normalmente, ora che non litigavamo più.

Ciò aveva influito sia negativamente che positivamente sul mio piano d'attacco.

Vuole parlare, dissi a Tray facendo un passo avanti. Tray mi aveva lasciata sola da quel lato della sala di proposito, sapendo che Dash ne avrebbe approfittato per attirare la mia attenzione. Il presupposto fondamentale su cui era basato tutto il nostro piano era che Dash fosse attratto da me. Io non ne ero molto convinta, a differenza di Tray. Ma per il momento sarei stata al gioco, alla ricerca di un modo per farlo cadere in trappola.

Sì, ho visto, rispose Tray. *Ma se ti tocca, non riuscirò a non intervenire.*

Mi ci volle uno sforzo notevole per non alzare gli occhi al cielo. *So badare a me stessa*. Dash non mi spaventava. Semmai, mi disgustava.

Lo so, amore. Sono io a essere incapace di controllarmi.

Eppure, è stata una tua idea, gli ricordai con voce soave.

No, la mia idea era di ucciderlo. Ma poi mi hai chiesto di pensare a delle alternative. Anche se ora me ne pento.

Andrà tutto bene, lo rassicurai, fermandomi davanti a Dash. «Ciao».

«Ciao» rispose, con un tono stranamente privo della sua solita arroganza. «Possiamo... ehm... andare da qualche parte a parlare?». Il suo atteggiamento era in netto contrasto con quello di tre anni prima, quando, proprio in quel salone, aveva preteso che ballassi con lui.

Fui quasi sul punto di aggrottare la fronte. Non poteva essere così facile, no? *Penso che stia tramando qualcosa.*

Sì, lo penso anch'io, disse Tray. *Fai attenzione.*

Ho lasciato il braccialetto a casa, gli risposi con un ghigno mentale. Se Dash avesse tentato di farmi qualcosa, se ne sarebbe pentito amaramente. «Certo» dissi con un sorriso tirato. «Fammi strada».

Lui annuì, e si avviò con dei movimenti insolitamente impacciati.

Sì, sta sicuramente tramando qualcosa, decisi.

Tray rimase in silenzio, ma sentii la sua energia protettiva nuotare intorno a me in una confortante carezza.

Nessuno di noi aveva ancora visto Ryan. Strano, considerando che Dash era il suo accompagnatore. Forse era lì che mi stava portando, dritto in un'imboscata architettata dalla mia sorellastra. Non ne sarei stata sorpresa.

Ma quando ci fermammo in un corridoio ben illuminato, e con nessuno in agguato, aggrottai la fronte. «Cos'hai in mente, Dash?» gli domandai dopo qualche istante. Non c'era motivo di tirarla per le lunghe.

«Voglio solo parlare» rispose, girandosi verso di me e guardandomi con un'espressione che non gli avevo mai visto. Sembrava quasi... dispiaciuto. Addirittura mortificato. Si strinse la nuca e sospirò. «Il fatto è che... ti devo delle scuse». Fece una smorfia e scosse la testa.

«Okay...». *Credo che stia per confessare qualcosa.*

Bene. La videocamera è già in funzione, mi ricordò Tray.

Giusto.

Quella che c'era sulla mia tiara, che Tray mi aveva sistemato tra i capelli prima di scendere dalla limousine. Aveva una telecamera incorporata. Non sapevo dove l'avesse trovata, o come l'avesse creata. Quel ragazzo possedeva una marea di abilità che mi lasciavano sempre di stucco.

Dash si schiarì la voce e alzò lo sguardo verso il soffitto.

«Cazzo, non so neanche da dove cominciare. Stasera non sono andato a prendere Ryan, nonostante mi abbia ordinato di farlo. Quando arriverà, sarà furiosa. E sono sicuro che ne pagherò le conseguenze. Quindi stavo per rimanere a casa, ma non potevo starmene con le mani in mano sapendo cosa sarebbe successo stasera. Dovevo dirtelo. Dovevo avvertirti».

Okay, mi aveva colta di sorpresa. Non era così che immaginavo si sarebbe svolta la conversazione. «Avvertirmi di cosa, Dash?». E non era neanche andato a prendere Ryan? Wow. Avrei voluto essere lì per vedere la sua faccia, quando aveva capito che non sarebbe venuto.

«Mi dispiace, Ella. Non hai idea di quante volte avrei voluto dirtelo in questi anni. Mi sono comportato malissimo con te, al ballo del primo anno. Nessuna scusa al mondo può giustificare quello che ho fatto, quindi non ci proverò nemmeno. Ma non passa giorno che non mi penta delle mie azioni».

«E allora perché lo hai fatto?». Era quello che volevo che ammettesse, l'informazione che avevo bisogno di far sentire all'intera scuola.

«Ha importanza?» domandò con una risatina priva di allegria. «Sappiamo entrambi che sono state Ryan e Carmen a spingermi a farlo, ma questa è solo una scusa. Come ammettere che ero un ragazzino idiota, che si è lasciato manipolare da due stronze di prima categoria».

Eccoci, pensai trionfante. *Ha confessato.*

Ma non aveva ancora finito.

«Le odio, Ella. E odio ancora di più come divento quando sono con loro». Si lasciò andare la nuca e si mise le mani in tasca. Aveva l'atteggiamento di un ragazzino spaventato, così diverso dalla facciata minacciosa che mostrava all'intera scuola.

«Questi ultimi mesi sono stati... illuminanti». Si schiarì la voce. «Sono anni che tieni testa a quelle due... anzi, a tutti noi.

Ma ora hai portato le cose a un livello completamente nuovo, dimostrando un'enorme fiducia in te stessa».

Non sapevo come rispondere. Così mi limitai a dire: «Uhm... okay. Grazie?».

Dash ridacchiò nervosamente e scosse la testa. «Sto facendo un casino. Quello che sto cercando di dirti è che sono un idiota. L'*homecoming* è stato un punto di svolta, per me, a causa del modo in cui mi sono sentito dopo che sei corsa via. *Di nuovo*. Al ballo del primo anno, ero solo uno stupido ragazzino. Ma stavolta, beh, non riuscivo a credere a quello che mi era uscito dalla bocca e al modo in cui ti avevo afferrata. In quel momento, mi sono reso conto che non ero l'uomo che avrei voluto diventare».

Okay, non mi aspettavo *affatto* che la conversazione sarebbe andata così.

La sorpresa che percepii attraverso il legame mi fece capire che anche Tray era altrettanto stupito. Si aspettava che Dash ci provasse con me, che le scuse fossero solo un modo per portarmi a letto. Ma non stava andando in quella direzione, anzi. Mi sentivo come un prete nel confessionale.

«Comunque, so che Tray è parte del motivo per cui sei cambiata, ed è anche la ragione per cui sono qui» continuò Dash. «Sarebbe stato molto più semplice restare a casa, lasciare che Ryan cuocesse nel suo brodo e mandarla a fanculo lunedì, a lezione. Ma dopo tutto quello che ti ho fatto passare, non potevo starmene in disparte e permetterle di distruggerti ancora una volta. Perché quello che ha in mente riuscirebbe ad annientare chiunque. E non te lo meriti, Ella. Cazzo, non meriti *nulla* di tutto quello che ti abbiamo fatto».

«Cosa stai cercando di dirmi, Dash?» gli domandai, con lo stomaco sottosopra. «Cos'ha in mente?».

«Sono mesi che continua a parlarne». Guardò in alto, poi di lato, ovunque tranne che nella mia direzione. «È come se *vivesse* per farti del male».

«Non mi hai ancora risposto» dissi, con la pazienza che diminuiva di secondo in secondo. Perché sì, ero ben consapevole dell'odio e del costante desiderio della mia sorellastra di farmi del male. «Arriva al dunque, Dash».

Trasalì, e i suoi begli occhi penetranti finalmente incontrarono i miei. «Ha fatto in modo che stasera tu sia incoronata Regina d'Inverno, con Tray come Re d'Inverno. E poi lui annuncerà a tutti che era solo una messinscena per conquistare la tua verginità. Che nulla di tutto ciò era reale. Ti ha preso in giro fin dall'inizio, Ella».

Le mie spalle si afflosciarono per il sollievo. «Oh, quello». Cazzo, per un attimo avevo temuto che avesse organizzato qualcos'altro.

Le labbra di Dash si incurvarono all'ingiù, poi spalancò gli occhi. «Lo sapevi già».

«Certo che lo sapeva» disse Tray, unendosi a noi nel corridoio.

Lo avevo sentito avvicinarsi, attirato dal mio disagio e pronto a prendere a calci Dash. Così, quando mi avvolse un braccio intorno alla vita, mi sciolsi al suo fianco con un sospiro felice. «Sì, lo sapevo. Tray me l'ha detto subito dopo l'*homecoming*».

Il mio compagno mi baciò sulla tempia e mi strinse a sé. «Non seguirò gli ordini di Ryan. Perché, a differenza tua, non ho paura di lei o delle sue patetiche minacce. Può anche baciarmi il culo».

Dash si passò le dita tra i capelli, con un'aria sconfitta così diversa da quella del Dash Charming che conoscevo da anni. «Sono contento che tu sia qui» disse dopo qualche istante. «E che tu abbia incontrato Ella. Merita qualcuno come te».

«No, merita qualcuno di migliore. Ma sono fortunato che sia felice di stare con me».

Alzai gli occhi al cielo e gli diedi una gomitata nel fianco. «Ma smettila, Nacht. Ti tollero a malapena».

Lui ridacchiò, e il suo divertimento scaldò il nostro legame. «A malapena!» ripeté.

«È vero» dissi, alzando una spalla.

Dash ci guardò con un ghigno. «Avrei dovuto sapere che stavi fingendo, ma sei stato molto convincente. Ah, si arrabbierà tantissimo, quando si renderà conto che l'hai fregata».

«Non mi interessa» commentò Tray. «Come dicevo, non mi fa paura».

«Lo vedo». Dash si schiarì la voce e raddrizzò la schiena. «Beh, comunque, sono contento che tu sia qui. E... Ella, mi dispiace. So che non significa nulla, che ti devo molto di più che delle misere scuse, ma cercherò di essere una persona migliore».

«Ed è per questo che le hai rivelato il piano di Ryan» concluse Tray.

Dash annuì. «Non...». Deglutì e fece una smorfia. «Non volevo che si ripetesse quello che era successo al primo anno. E sapevo che stavolta sarebbe stato molto peggio, perché non mi ha mai guardato come guarda te. Il livello di devastazione che voleva ottenere Ryan... Una cosa del genere può veramente rovinare la vita a qualcuno».

Le sue parole aleggiarono tra di noi per qualche istante.

Il suono dei bassi proveniente dalla sala da ballo mi vibrava sotto i tacchi, con lo stesso ritmo del mio battito cardiaco.

«La partenza di Charlie ti ha addolcito» disse Tray dopo un po'.

Dash fece spallucce. «Non saprei, ma di certo mi ha costretto a mettere in prospettiva un paio di cose. Quel ragazzo è un vero stronzo».

«Anche tu lo sei» gli fece notare Tray.

«È vero» concordò. «Ma mi sto impegnando per rimediare».

Tre mesi prima, non gli avrei creduto neanche per un attimo. Ma non potevo negare che il suo comportamento fosse cambiato, da quando Charlie se n'era andato. E il modo in cui era venuto a parlarmi? Era sinceramente pentito delle sue azioni.

Non credo che sia il caso di mostrare il video al resto della scuola, dissi a Tray.

Era quello il nostro piano originario: gli avremmo fatto confessare che Ryan lo aveva spinto a tormentarmi, per poi smascherarli entrambi davanti a tutti. Nonostante, tecnicamente, lo meritasse, non mi sembrava il caso di punire un ragazzo che stava già punendo se stesso e si stava anche impegnando a cambiare.

Lo so, mi sussurrò in risposta il mio compagno. *Ho spento la videocamera prima di unirmi a voi.*

«Beh...». Dash tossicchiò di nuovo. «Vi lascio... vi lascio a godervi il resto della serata».

Fece un passo, ma Tray gli si parò davanti. «Giusto per essere chiari, l'unico motivo per cui non ti ho ancora spaccato la faccia per aver fatto del male a Ella, è che lei non approverebbe. E non voglio nemmeno toglierle l'opportunità di farlo lei stessa, se cambiasse idea. Ma se dici qualcosa a Ryan prima che abbiamo la possibilità di portare a termine il nostro piano, ti distruggerò in un modo che non riesci neanche a immaginare».

Tray irradiava potere. Dash non era in grado di vederlo, ma ero sicura che potesse *sentirlo*. E il modo in cui spalancò gli occhi lo confermò. «Non so cosa vogliate fare a Ryan, ma non ho nessuna intenzione di mettermi in mezzo. E non le dirò nulla».

«Ti conviene» mormorò Tray. «Perché se lo farai, lo verrò a sapere. E te ne pentirai». Lasciò che la minaccia indugiasse tra di loro per qualche secondo, poi tornò al mio fianco. «Continua lungo questa strada, Charming. È quella giusta».

Sembrava quasi una profezia, ma sapevo dalle lunghe

chiacchierate con Tray che i Fae di Mezzanotte non avevano il potere della preveggenza. Ma altri sì, i Fae del Destino.

Rabbrividii quando Tray mi circondò la vita con il braccio.

Guardammo Dash che se ne andava, con le spalle nuovamente curve. Era stranissimo vederlo così debole, dopo aver dominato per anni sull'intera scuola. «Pensi che cambierà davvero?» domandai a Tray.

«Penso che lo stia già facendo» disse lui, stringendomi a sé. «Non mi aspettavo che la situazione si sarebbe evoluta in questo modo, dopo aver eliminato Charlie dall'equazione. Ma non mi dispiace per nulla».

«Già, ne sono contenta anch'io» ammisi. «Ma dubito che anche con gli altri sarà così facile».

Tray sbuffò. «No, quella strega della tua sorellastra è senza cuore. È per questo che sono ancora dell'idea che sia meglio bruciarla sul rogo».

Scossi la testa e ridacchiai. «Vuoi davvero ucciderla».

«È una fantasia che mi piacerebbe vedere realizzata».

«Cosa ne dici di metterla sulla graticola?» suggerii.

Mi guardò. «Non avevi detto che non posso ucciderla? Comunque va bene, anche grigliarla sarebbe una bella esperienza».

«È un modo di dire, Nacht. Non prendere tutto in modo così letterale». A volte, dovevo tradurgli il linguaggio umano.

«E io che speravo in un bel massacro» disse con un'espressione delusa.

«Beh, è sempre un'opzione». Dipendeva da come sarebbe andata a finire.

E proprio in quel momento, risuonò l'annuncio che nel giro di mezz'ora sarebbero stati incoronati il Re e la Regina d'Inverno.

Anche se Ryan era furiosa per essere stata abbandonata da Dash, non si sarebbe persa lo spettacolo per nulla al mondo.

Ciò significava che sarebbe arrivata presto.

«È ora di dare inizio ai festeggiamenti» dissi, prendendo per mano Tray.

«No, piccola». Intrecciò le dita con le mie. «Non inizieremo un bel niente. Stiamo mettendo la parola *fine*».

TRAY

Oh, Ryan era fuori di sé dalla rabbia.

La folla si aprì per farle spazio, mentre marciava verso Dash con un'espressione inferocita. Gli afferrò il braccio e lo strattonò via dal gruppetto di ragazze con cui stava chiacchierando. «Che cazzo?!».

Dash si divincolò dalla sua presa e fece un passo indietro, allontanandosi da lei. «Mi hai tolto le parole di bocca, Ryan. Cosa ti fa pensare di potermi toccare così?».

«Oh, non saprei. Forse il fatto che saremmo dovuti venire insieme e non sei passato a prendermi per portarmi a cena, costringendomi ad aspettare *per ore*... per poi trovarti qui con quelle lì?».

«Non ho mai accettato di portarti al ballo» rispose freddamente. «Sei stata tu a darlo per scontato, e quello non è un mio problema». Fece per voltarsi e andarsene, ma un grido di Ryan lo spinse a inarcare un sopracciglio. «E adesso cosa c'è?».

«Come hai *osato* darmi buca!».

«Darti buca?». Scoppiò a ridere. «Non stiamo insieme,

ricordi? L'hai messo bene in chiaro tre anni fa». Le rivolse un sorriso accondiscendente. «Se hai cambiato idea, beh, è troppo tardi. Mi dispiace. È da un bel po' che non mi interessi più».

Ryan rimase letteralmente a bocca aperta, e le sue solite cattiverie si persero nei mormorii che stavano crescendo intorno a loro.

Un'altra svolta inaspettata, commentò Ella ridacchiando. *Ci ha fatto un favore, umiliandola pubblicamente.*

E questo è solo l'inizio. Avevo preparato un discorso che avrebbe demolito la reputazione di Ryan.

A Ella piaceva l'idea che fossi io a parlare, le sembrava quasi simbolico, visto che tre anni prima era stato Dash ad annunciare le sue reali intenzioni a tutta la scuola. Dovevo fare la stessa cosa, anche se avrei usato parole molto diverse.

La musica venne abbassata, diventando poco più di un rumore di fondo, quando due membri del consiglio di amministrazione della Darlington Academy salirono sul palco. *Erano presenti anche al famigerato ballo del primo anno?*, domandai, con un'idea che stava prendendo forma nella mia mente.

Sì. Ella li guardò con disprezzo. *Si sono sempre girati dall'altra parte, e quella sera non ha fatto eccezione.*

Oh, stavolta saranno costretti a prendere atto della situazione, le promisi.

Ella sapeva cos'avevo fatto, anche se non lo avevo mai ammesso a voce alta. Il suo accesso alla mia mente rendeva impossibile nasconderle le cose. Ma non appena aveva scoperto le mie intenzioni, avevo percepito la sua approvazione. I suoi pensieri erano quasi sempre in sintonia con i miei.

Era anche questo a renderci un ottimo team.

Non vedo l'ora di sentire il tuo discorso, mormorò, conducendomi verso il palco con la mano stretta nella mia.

Quando raggiungemmo la piattaforma, la strattonai verso di me e la baciai appassionatamente. Staccandomi, mi accorsi che Ryan mi stava guardando con aria complice. Doveva essere convinta che fosse un bacio d'addio.

Le feci l'occhiolino, lasciando che pensasse quello che voleva, e misi un braccio attorno alle spalle di Ella. Nel frattempo, Dash si diresse verso il lato opposto del palco, lontano da lei. E mi scoccò un'occhiata di avvertimento, come sfidandomi a fare una mossa sbagliata.

Confermò ulteriormente i suoi sentimenti per Ella. Ero convinto che fosse solo attratto da lei. Ma dopo quello che aveva detto in corridoio e il suo bisogno di proteggerla, avevo capito che c'era qualcosa di molto più profondo. E il modo in cui ora continuava a tenermi d'occhio mi tolse ogni dubbio.

Hai avuto la tua occasione con lei, gli dissi con lo sguardo. *Ora è mia*.

Non che avesse mai rappresentato una reale concorrenza.

Fin dalla nascita, Ella era destinata a essere mia. Le nostre anime lo avevano confermato quando ci eravamo legati l'uno all'altra, e quella connessione era indistruttibile.

Si appoggiò a me con gli occhi che brillavano. *Anche se hai ragione sui suoi sentimenti, non li ricambierò mai.*

Lo so.

Allora smettila di cercare di ucciderlo con lo sguardo. E si alzò in punta di piedi per accarezzarmi le labbra con un bacio. *Mi fido di te, Trayton Nacht. E ora distruggi la mia sorellastra, per favore. Non vedo l'ora di andare a casa con te.*

Un sorrisetto tentò di farsi strada sul mio viso. Ero quasi tentato di chiederle se potevo dar fuoco a Ryan, ma la cerimonia ebbe inizio. Con l'incoronazione del Re e della Regina d'Inverno.

Non riuscivo proprio a capire l'ossessione umana per quel genere di titoli, ma probabilmente aver vissuto in una *vera* famiglia reale aveva distorto il mio punto di vista.

Ella ricevette la corona per prima e fece un ottimo lavoro nel fingersi scioccata e allibita. In realtà, trovava ridicola quella stupida tradizione. «Dal momento che ho già una tiara...» disse, lanciandomi un'occhiata. «Per ora la terrò in mano, in attesa che Tray possa aiutarmi a sistemare i capelli».

«Per me eri già una principessa, tesoro» risposi a voce abbastanza alta da farmi sentire da tutti.

Ryan sbuffò.

Alcuni studenti sospirarono.

I due membri del direttivo sorrisero.

Ella tornò accanto a me, il suo entusiasmo era contagioso. E nonostante il nervosismo, dovuto alle ferite passate, cercava di non perdersi d'animo.

Tray non mi farà del male. È il mio compagno. Andrà tutto bene. Sarà la fine di Ryan.

Non risposi, preparandomi per il discorso che stavo per fare.

Quando i due rappresentanti del consiglio di amministrazione della scuola chiamarono il mio nome, proclamandomi Re d'Inverno, li guardai di sfuggita e ignorai la loro sciocca corona. Era un arnese di plastica da quattro soldi, l'opposto della tiara che avevo dato a Ella. Lei non lo sapeva, perché glielo avevo nascosto, ma in realtà si trattava di un cimelio di famiglia impregnato di magia Fae.

Spalancò gli occhi quando lasciai che me lo leggesse nella mente.

Ora sei una principessa, le rammentai. *Non scordarlo mai.*

Va bene, fata madrina, rispose, strappandomi un sorrisetto mentre mi impossessavo del microfono.

«Wow. Re d'Inverno». Finsi di rimuginarci sopra per qualche istante. «A essere onesto, non riesco a immaginare un titolo più stupido. Perché mai dovrei voler essere Re d'Inverno di questo posto orribile?». Il mio sguardo si posò sui membri del direttivo. Erano scioccati. «Voglio dire, qui accadono cose davvero allucinanti. Permettetemi di darvi una dimostrazione».

Staccai il microfono dall'asta prima che potessero strapparmelo di mano e mi spostai di lato, in modo da vedere sia Ella che Ryan.

Quest'ultima aveva un sorriso trionfante stampato in faccia.

Ella, d'altro canto, aveva un portamento regale che avrebbe reso orgogliosa mia madre, e probabilmente anche la sua.

«Sai, dolcezza...». Scelsi di proposito un nomignolo che non avevo mai usato con Ella. «Sono stati dei mesi molto interessanti. Tutti questi giochetti...». Scossi la testa. «Non riesco a credere che tu ci sia cascata. Pensi davvero che ti voglia? Quando posso avere lei?».

Ella trasalì, nonostante stessi parlando con Ryan, non con lei. Ma le mie parole ricordavano troppo quelle che aveva pronunciato Dash anni prima. E immaginai che lo facessero anche i sussulti e i bisbigli della folla.

«Mentre eri intrappolata nella mia rete di inganni, ho demolito attentamente ogni aspetto della tua vita. Tutto con la promessa di portarti a letto, cosa che non ho mai voluto fare».

«Nacht» intervenne una voce femminile. La professoressa Montgomery era salita sul palco e aveva un'espressione livida. «Dammi subito il microfono».

«No, non ho ancora finito». Non avrebbe mai potuto impedirmi di continuare. «E per quanto apprezzi che finalmente ti sia spuntato un barlume di coscienza e che tu abbia deciso di difendere una studentessa, sei in ritardo di almeno tre anni. Perché, cerchiamo di essere onesti, finora tutti i tuoi tentativi si sono rivelati fallimentari». Tra l'altro, stava proteggendo la ragazza sbagliata.

Ryan ridacchiò, con un suono aspro e crudele. «Continua» mi incoraggiò.

«Oh, puoi scommetterci». Le rivolsi un sorriso smagliante. «Quando mi hai chiesto di sedurre la tua sorellastra per poi spezzarle il cuore pubblicamente, non avrei potuto essere più felice. Perché mi hai dato il potere di distruggerti».

Calò un silenzio di tomba.

E Ryan rimase a bocca aperta.

Dritto al punto, mi sussurrò Ella nella mente.

Non c'è motivo di perdere tempo, risposi.

«Sai, mi chiedevo come si potesse essere così malvagi da offrirsi... Oh, aspetta, no. Mi hai promesso una cosa a tre con Carmen, giusto? Neanche morto, dolcezza. Ella mi soddisfa in modi che voi due non riuscireste mai a comprendere. Ma tornando a quello che stavo dicendo... Ho cercato di capire come fosse possibile essere così crudeli con qualcuno, per non parlare del fatto che lei fa parte della famiglia». Mi sfilai il telefono dalla tasca. «Ma poi, dopo aver investigato un po' con Ella, abbiamo scoperto tutto».

Osservai la mia compagna, esaminando il suo viso e la sua mente per controllare che non fosse in difficoltà. Ma la trovai perfettamente a suo agio.

Così continuai.

«Nel caso in cui non fosse ancora chiaro, visto che so che alcuni di voi hanno bisogno dei disegnini, Ryan mi ha assoldato per scopare Ella e mollarla davanti a tutta la scuola. Un po' com'era successo durante il ballo del primo anno, ma peggio, perché il mio compito era quello di conquistarla. Cosa che credo di aver fatto». Inarcai un sopracciglio nella direzione della mia compagna.

Lei si limitò a sorridere, con un'espressione ritrosa e discreta.

Piccola strega, la accusai scherzosamente.

Dolce fatina, rispose lei.

Quasi sospirai. *Dovrò rivedere tutto il discorso sulle punizioni, El.*

Accomodati, Nacht.

«Sì, per chi se lo stesse chiedendo, Ella conosce le intenzioni della sorellastra già da un po'» dissi, mantenendo il suo sguardo e ignorando tutti i sussurri provenienti dal resto del salone. E il ringhio di Ryan.

Ma un movimento che scorsi con la coda dell'occhio mi spinse a lanciare un piccolo incantesimo verso i rappresentanti della scuola, che avevano iniziato ad attraversare il palco e venire verso di me. Avrebbero incolpato lo shock per la sensazione di avere gli arti bloccati.

In realtà, li avevo immobilizzati.

Perché non avevo ancora finito.

«Ah, eccolo qui» enfatizzai, guardando il telefono e annuendo in maniera teatrale. Aprii il testamento che io ed Ella avevamo scovato e mi schiarii la voce per cominciare a leggere. Quando fu chiaro di cosa si trattava, mi fermai e lanciai un'occhiata a Ryan. «Ci sono un mucchio di stronzate legali, non voglio annoiare il pubblico. Passiamo alla parte importante, quella in cui Tremaine Cinder, il padre di Ella, ha dichiarato Isabella Cinder unica erede della sua fortuna. Clarissa Cinder è indicata come amministratrice del patrimonio, ma solo fino al diciottesimo compleanno di Isabella. Che è stato quando, tesoro?».

«Circa cinque mesi fa» rispose Ella.

«Giusto, quindi questo significa che è tutto tuo!». Fingendomi scioccato, spostai lo sguardo su una Ryan fumante di rabbia. «Di certo non lo sapevi, non è vero?». Ma poi sorrisi. «Peccato che non sia così. Per tutti questi anni, da quando hai scoperto la verità, hai cercato di sottomettere Ella. E tutto a causa di un'amara verità, almeno per te: che non saresti *nulla* senza la tua splendida, intelligente e astuta sorellastra».

Mi voltai verso i membri del consiglio e aggiunsi: «Significa anche che tutti quei soldi ricevuti da Clarissa Cinder negli ultimi mesi, quelli che permettono alle sue figlie di terrorizzare la scuola, sono frutto di un furto».

Ella sorrise. *Mic drop.*

Sorrisi. *Già.* Era uno dei tanti modi di dire umani che mi aveva insegnato Ella, nonché uno dei miei preferiti. Anche se ero tentato di prenderlo alla lettera, e lasciare davvero cadere il microfono. Almeno avrei svegliato tutti dallo sbigottimento in cui erano piombati.

«Allora, Ryan, vivi in una casa su cui non hai alcun diritto, guidi un'auto che non è tua e frequenti una scuola che non potresti mai permetterti. È interessante che tu abbia deciso di coinvolgermi nel tuo piccolo dramma familiare. E per cosa? Per la promessa di una notte con te. E questo mi riporta alla domanda di prima: come cazzo hai potuto pensare che avrei scelto te, invece di Isabella?». La guardai con evidente disgusto. «Nemmeno se mi pagassi».

«Penso sia abbastanza, Nacht» tentò di nuovo Montgomery.

«Non sono d'accordo, Peggy» ribattei. «Perché, vedi, le cose stanno per cambiare alla Darlington Academy. Quando ho detto a mio padre com'è gestita male, per non parlare di tutto il bullismo di cui sono vittime gli studenti senza che il personale faccia qualcosa, lui ha messo in atto alcune misure. E ora la scuola è in mano a un nuovo proprietario». Questa era la parte di cui non avevo discusso apertamente con Ella, ma lei ne era a conoscenza grazie al nostro legame. E pur ritenendo che fosse uno spreco di risorse, era d'accordo con il mio ragionamento.

Perché possedere l'accademia assicurava che nulla di simile potesse accadere di nuovo.

Inoltre, questa mossa le garantì il diploma, come richiesto dal testamento della madre. Non che Ella avesse bisogno di soldi, con tutto quello che le aveva lasciato il padre, ma era una questione di principio. Tra l'altro, meritava di diplomarsi, dopo tutto quello che aveva dovuto affrontare negli ultimi anni. E lo avrebbe ottenuto senza dover mettere più piede in quel luogo orribile.

Anche se sarebbe cambiato drasticamente.

«Credo che lunedì la maggior parte di voi riceverà una lettera di licenziamento» aggiunsi. «Vi suggerisco di aggiornare i vostri curriculum». E con un sospiro soddisfatto, sorrisi alla mia compagna. «Ho dimenticato qualcosa, tesoro?».

«No, penso sia tutto. Possiamo andare a...».

La mano di Ryan riuscì quasi a colpire il viso di Ella, ma la mia compagna riuscì a catturarle il polso prima che potesse andare a segno.

E la scagliò indietro di un paio di metri, con una scossa che percepii attraverso il legame.

L'urlo che abbandonò le labbra di Ryan fece rabbrividire persino me.

Ella l'aveva fulminata per bene.

Il resto dei presenti, però, avrebbe creduto che le avesse dato una spinta. O almeno, era ciò che le loro menti sarebbero state in grado di concepire. La realtà sarebbe stata troppo incredibile, per dei semplici mortali.

«Non toccarmi» sbottò Ella, la cui voce riecheggiò nel salone silenzioso. «Il tuo dominio sulla mia vita è finito mesi fa, Ryan. Ma il mio è appena iniziato. Perché mi riprenderò la casa e tutto quello che mi ha rubato tua madre».

Fece un passo avanti per fissare la ragazza rannicchiata sul pavimento.

«Ma non preoccuparti, *sorellina*» continuò Ella. «Vi concederò abbastanza soldi per vivere. Saranno sufficienti a tenervi lontane dalla strada finché non vi diplomerete alla scuola pubblica. Poi potrete andare a lavorare e mantenervi da sole».

Mi tese la mano. «Adesso sono pronta ad andare».

Capii cosa intendeva.

Non stava parlando della mia casa a Darlington, ma quella nel regno dei Fae di Mezzanotte.

A cui appartenevamo entrambi.

Intrecciai le dita alle sue e usai la mano libera per restituire il microfono. «Ho finito» dissi alla sala con un enorme sorriso. «Godetevi il ballo!».

Lo sgomento dei presenti ci seguì fino all'uscita.

Ce ne andammo senza voltarci indietro.

Avevamo chiuso con il presente, e ci stavamo dirigendo con determinazione verso il futuro, per creare il nostro "vissero per sempre felici e contenti".

Insieme.

EPILOGO

ELLA

Tre anni e mezzo più tardi…

«TUA MADRE MI STA FACENDO IMPAZZIRE CON TUTTI questi vestiti». Ogni volta che passavamo l'estate con i suoi genitori, non faceva che agghindarmi come una bambola. Quella donna mi considerava la figlia che non aveva mai avuto, e visto che Kols si rifiutava di accettare la sua compagna, ero l'unica a subire le sue attenzioni.

Non che la promessa sposa di Kols, Emelyn, potesse migliorare la situazione.

Anzi, quella stronza l'avrebbe soltanto peggiorata.

Quindi sì, preferivo essere tormentata da Reba, che avere Emelyn come cognata. La sua cattiveria avrebbe fatto impallidire Ryan.

«Oh, non saprei» commentò Tray, origliando i miei pensieri. «Penso che sarebbe una bella lotta. Mi piacerebbe chiuderle da qualche parte, magari anche con Carmen. Potremmo dare loro qualche coltello e goderci lo spettacolo».

«Per una volta, mi trovo d'accordo con i tuoi piani malefici». Sebbene avessi tolto praticamente tutto alle mie sorellastre, non avevano ancora acquisito un briciolo di umanità.

L'unico aspetto positivo era che ormai non avevano più nessun potere sugli altri, e dovevano sfogarsi tra di loro e su

Clarissa, facendosi impazzire a vicenda. Insomma, sembrava che la popolazione di Darlington fosse al sicuro. Almeno per il momento. Ma non avevo smesso di tenerle d'occhio, non lo avrei mai fatto. E ora che riuscivo a padroneggiare la maggior parte dei miei doni, potevo anche sfruttarli all'occorrenza per metterle in riga.

Dash, invece, era diventato un ragazzo piuttosto piacevole. I suoi studi a Harvard procedevano bene, ed era un anno che frequentava la stessa ragazza. Non eravamo rimasti in contatto, ma Tray controllava regolarmente che si comportasse bene, pronto a intervenire se necessario. Ma sembrava che fosse stato sincero, quando aveva affermato di voler diventare una persona migliore.

E Charlie, beh, ora che la Anderson Motors aveva dichiarato bancarotta, era praticamente sparito.

Nessuno lo sentiva da più di un anno.

E a me non importava abbastanza di lui per scoprire che fine avesse fatto.

Tray abbassò la cerniera dell'abito per aiutarmi a sfilarlo e mi baciò la nuca. «Presto saremo di ritorno all'Accademia, tesoro» sussurrò, rispondendo alle mie lamentele sui vestiti.

«Dove mi toccherà indossare un'uniforme» dissi, lanciandogli un'occhiata da sopra la spalla. Quando mi aveva parlato dell'Accademia, non aveva accennato a quel requisito. Sembrava che la mia vita sarebbe stata una trafila di vestiti identici a quelli degli altri.

Tray sorrise. «Ancora un anno. Poi abbiamo finito».

Il pensiero di terminare gli studi migliorò immensamente il mio umore. Anche se non sapevo ancora quale fosse il mio posto nel mondo dei Fae, ero entusiasta di scoprirlo al fianco di Tray. Lui si sarebbe unito al Consiglio per diritto di nascita, prestando servizio come secondo di suo fratello, il futuro re.

A proposito... «Com'è andata la riunione?». Era appena tornato da un incontro urgente. La sua irritazione sfrigolò lungo il nostro legame, spingendomi a sollevare le sopracciglia. «Davvero così male?».

Tray mi aiutò a togliermi il vestito e mi passò una delle sue magliette, il mio abbigliamento preferito per dormire. «Peggio».

Si slacciò la cravatta e cominciò a sbottonarsi la camicia, per poi dedicarsi ai gemelli. Mi infilai sotto le coperte mentre si toglieva la giacca, e aspettai che si levasse anche il resto dei vestiti.

Si sedette sul letto con addosso soltanto i boxer. Sospirò, e le sue spalle si afflosciarono. «Shade ha morso una Fae Elementale».

Spalancai gli occhi. «*Cosa?*». Conoscevo un po' la loro specie. A differenza dei Fae di Mezzanotte, si dividevano in base alla loro affinità con gli elementi: terra, aria, acqua, fuoco e spirito. E non avevano bisogno di nutrirsi di sangue umano.

«Già. E non è una Fae Elementale qualsiasi, ma una Fae di Terra che appartiene alla famiglia reale» disse Tray, passandosi le dita tra i capelli. «Mio padre è furioso».

«Non mi sorprende». Era illegale accoppiarsi con membri di una specie diversa. Il mio essere una Halfling era l'unica eccezione. «Cosa faranno?».

«La manderanno all'Accademia». Mi lanciò un'occhiata, da cui compresi immediatamente che non mi sarebbe piaciuto quello che stava per dire. «E l'hanno assegnata alla nostra suite. Per essere precisi, vogliono che tu condivida la stanza con lei».

«Cosa? Perché?» domandai, interdetta.

«Per tenerla d'occhio, finché non avranno deciso come gestire la situazione» mormorò. «Ascolta, l'idea non mi piace, ma è meglio così che ucciderla. Che poi era l'altra opzione».

«Uccidere una reale?».

«Temono che il morso di Shade possa avere un impatto sui suoi poteri». Scosse la testa, poi si lasciò cadere accanto a me, stendendosi al mio fianco. «Quel coglione. E naturalmente gli permettono di rimanere all'Accademia. Gli hanno ordinato tassativamente di non morderla di nuovo, ma sappiamo entrambi che ciò non lo fermerà».

«Ma sono impazziti? Dovrebbero rinchiuderlo per averle fatto una cosa del genere».

«Gli stanno concedendo il beneficio del dubbio, perché li ha informati di quello che è successo». L'espressione di Tray mi disse chiaramente come la pensava. «Sospetto che l'abbia fatto di proposito».

«Perché? Perché avrebbe dovuto farlo?».

«Non ne ho idea». Sospirò di nuovo. «Immagino che il nostro ultimo anno si rivelerà a dir poco interessante. Stanotte la trasferiranno all'Accademia».

Aggrottai la fronte. «Ma le lezioni iniziano tra una settimana».

«Il preside Zeph è stato incaricato di mostrarle la scuola e aiutarla ad ambientarsi». I suoi occhi scuri cercarono i miei. «Questo ci dà sei o sette giorni per prepararci all'incontro».

«E io dovrei vivere con lei?».

«Sei l'unica femmina nella nostra suite» spiegò. «E mio padre è stato piuttosto chiaro sul fatto che debba stare vicino a me e Kols, in modo che possiamo proteggerla». Si sollevò, appoggiandosi al gomito, e mi accarezzò la guancia con l'altra mano. «Troveremo una soluzione, El. Il Consiglio vuole solo che la aiutiamo ad ambientarsi. Tutto qui».

«E se non volesse *ambientarsi*?» domandai, inarcando un sopracciglio.

«Allora sarà un bene che abbia te. Non ho mai conosciuto una ragazza più forte e testarda di te. Nel giro di pochi giorni, sarai la sua più grande alleata. Ne sono sicuro».

Sbuffai. «O ci ammazzeremo a vicenda». Non andavo d'accordo con la maggior parte dei Fae che frequentavano l'Accademia. Non c'era da stupirsi, visto che ero cresciuta senza amici. Alcuni di loro non erano poi così male. Ma ne evitavo la maggior parte, visto che molte ragazze erano gelose del mio accoppiamento con Tray, e in troppi avevano un problema con il mio status di Halfling. «Beh, avremo in comune un passato insolito».

Io ero l'unica della mia specie, e lei proveniva da un mondo completamente diverso.

«Questo è lo spirito giusto, amore» mormorò, mettendosi sopra di me e insinuando una coscia tra le mie. «Ora, suggerisco di passare i prossimi giorni a letto, dal momento che potremmo non avere molte opportunità di farlo, una volta tornati all'Accademia».

Gli rivolsi un'occhiata diffidente. «Certo. Perché in passato siamo sempre stati fermati dalla presenza di altre persone nella nostra suite».

«Ehi, stavolta è completamente diverso. Chissà che impatto avrà sulla nostra vita sessuale...». Mi strusciò il naso sul collo.

«Penso che tu stia solo cercando delle scuse per passare una settimana a divertirti».

«Non ho bisogno di una scusa per divertirmi con te, El» mi sussurrò sulla gola. «O per morderti. O per amarti. O per baciarti». Trascinò le labbra verso il mio orecchio. «O per scoparti». Le sue parole mi fecero inarcare verso di lui, il mio corpo era già eccitato per la sua mera presenza.

Erano quasi tre anni che lo conoscevo, e ancora mi faceva bagnare con uno sguardo. Anzi, la mia attrazione per lui cresceva sempre di più.

Gli gettai le braccia al collo e lo strinsi a me. «Fai l'amore con me, Tray» mormorai. «Lo voglio lento e profondo. Almeno la prima volta». La seconda volta poteva essere violenta quanto voleva. Ma per il momento, avevo bisogno disentire la nostra connessione, di sentire quanto ci amavamo.

«Sarà un piacere, compagna» disse, catturandomi la bocca con la sua.

Ti amo, gli mormorai nella mente.

Ti amo anch'io, El.

E fece come gli avevo chiesto.

Ancora e ancora.

Finché non caddi in un sonno profondo, stretta nelle sue braccia, con tutto il nostro futuro davanti a noi. E mentre sognavo, il nome *Aflora* mi riecheggiò nella mente.

C'era qualcosa di oscuro all'orizzonte.

Lo sentii nelle ossa, nel modo in cui la mia stessa anima rabbrividì.

Le cose stanno per cambiare.

Ci vediamo presto.

Questa è la fine della storia di Ella e Tray, ma li incontrerete di nuovo nella serie *La regina dei Fae di Mezzanotte*.

Benvenuti nell'Accademia dei Fae di Mezzanotte.
Dimora delle arti oscure.
Dei vampiri.
E di Fae crudeli e affascinanti.

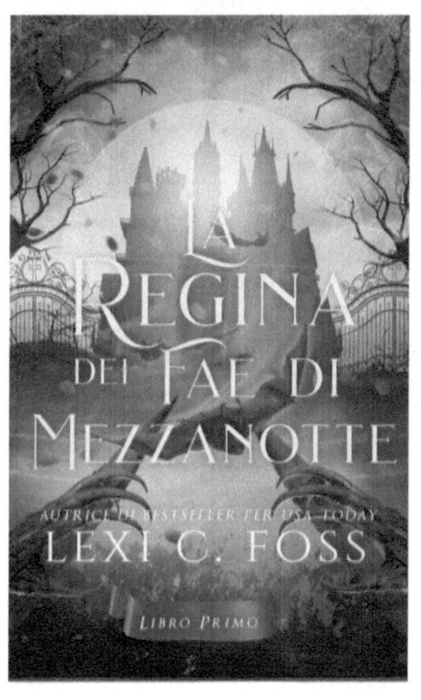

Un morso proibito ha portato alla mia cattura.
Qui non ci sono fiori.
Non c'è vita.
Solo morte.

Sono una Fae di Terra e non appartengo a questo luogo. Possono fare tutti i giochetti mentali che vogliono, ma io troverò il modo di tornare nel mio mondo. Anche a costo di morire.

Solo che il preside Zephyrus è sempre un passo avanti a me.
Il principe Kolstov non riesce a starmi alla larga.

E Shadow, la vera causa di questo disastro, mi perseguita anche nei sogni.

La mia affinità con la terra sta morendo, ed è stata sostituita da qualcosa di più sinistro. Qualcosa di potente. Qualcosa di mortale.

I Fae di Mezzanotte credono che questo sia il mio destino.
Sostengono che sia stata "arruolata" per un motivo.
Per combattere la presenza che sta emergendo.
O morire provandoci.

Non sono assolutamente in debito con loro. Ma se per tornare a casa sarò costretta a superare delle prove, ben venga. Sono sopravvissuta a una pestilenza e a cose ben peggiori nel mondo dei Fae Elementali. Un'energia minacciosa? Ma per favore.

Fai del tuo meglio.
Sono qui.
E non azzardarti a mordermi.
O te ne farò pentire.

Nota dell'autrice: Questa è una serie paranormale e oscura con reverse harem ed elementi di bully romance (da nemici ad amanti). Nonostante le opinioni di Aflora al riguardo, ci saranno sicuramente dei morsi. Parola di Shadow, detto anche Shade. Il libro termina con un cliffhanger.

La scrittrice di Bestseller per *USA Today* Lexi C. Foss è un'autrice persa nel mondo della tecnologia. Vive ad Chapel Hill, in Carolina del Nord, con suo marito e i loro figli pelosi. Quando non scrive è impegnata a mettere crocette sulla lista dei posti che vuole visitare. Nella sua scrittura si ritrovano molti dei luoghi in cui è stata, tra cui il mitico mondo di Hydria, basata su Hydra, nelle isole greche. È eccentrica, consuma troppo caffè e ama nuotare.

www.LexiCFoss.com

I Libri di Lexi C. Foss

Alleanza di Sangue

Desiderami - Nyx/Vesperus

La Vergine di Sangue

Sangue Reale

Il Morso dell'Alfa

Anime Ribelli

Il re vampiro

Un morso crudele

Un morso eterno

L'Università del Sangue

Ambientato nel mondo dell'Alleanza di Sangue

Il Giorno del Sangue

Dark Provenance

La figlia della morte

Il figlio del Caos

L'amante del peccato

La Regina dei Fae di Mezzanotte

La fiaba di Ella

Libro Primo

Libro Secondo

Libro Terzo

Libro Quarto

Reject Island

Carnage Island: Artigli Crudeli & Morsi Proibiti

Serie della Maledizione degli Immortali

Le Leggi del Sangue

Legami Proibiti

Cuore di Sangue

Legami di Sangue

Legami Angelici

Cercatore di Sangue

Fardello di Sangue

Legami Malvagi

Re di Sangue

Serie V-Clan

Il settore Blood

Il settore Night

Serie X-Clan

Le origini

Il settore Andorra

L'esperimento

La freccia di Winter

Il settore Bariloche

www.ingramcontent.com/pod-product-compliance
Lightning Source LLC
LaVergne TN
LVHW091045080826
845145LV00002B/633

9781685303037